그리움

그리움

정상진 산문집

전출판

아주 작은 섬에 자그마한 집 하나를 장만했다.

평생의 꿈을 이루기 위한 터전이 마련된 것이다.

그곳에서는 47년간의 기나긴 일의 굴레에서 벗어나,

자연에서 마음껏 자유를 누려도 부끄럽지 않을

듯하니,

그리움에 묻혀 살아야겠다.

통영 앞바다 작은 섬 송도松島에서

차 례

프롤로그(Prologue) … 5

1편 수필

그리움

어머니의 기억 … 15

포구(浦口)의 석양 … 19

망부 묘(望夫 墓) … 23

무지개를 잡으러 간 소년 … 27

별 … 31

내 어린 시절의 아버지 … 36

엄마 가지 마요 … 40

봄꽃 아쉬움 … 44

사랑의 변화 … 47

자귀나무 꽃 … 51

작은 바램 … 55

노가리와 생맥주 … 59

잡초 … 63

장마 … 68

그리움 … 72

기다림

울림 … 79

포옹 … 83

각자쟁이의 눈물 … 87

동네 미용실의 사람들 … 92

장인, 장모님의 늙어 변한 모습 … 97

추석 전날 괴산 버스터미널의 노부부 … 102

작은 섬 … 106

애국자 … 110

헤어지는 부부들 … 114

계곡물에 발을 담그고 … 118

단기출가(短期出家) … 122

열매와 쭉정이 … 127

씨앗을 품은 열매 … 131

말(言)과 삶 … 135

가을의 길목에서 … 140

작은 섬의 오후 4시 반 … 144

그를 만나다 … 148

2편 단편소설

용이와 월선의 섬진강 연가(戀歌) … 155
황혼(黃昏) … 183

그리움은

지난날뿐 아니라,

다가오는 날들에도 담겨있다.

나는 그것을 기다림의 그리움이라 한다.

1편

수필

그리움

소주 한 잔을 마시니 목구멍을 타고 내려가는 찌릿함이 가을
비로 차가워진 몸을 데우는 듯하다. 내친김에 진한 그리움을
타서 한 잔 더하자 까닭 없이 눈물이 흐른다.

어머니의 기억

포구(浦口)의 석양

망부 묘(望夫 墓)

무지개를 잡으러 간 소년

별

내 어린 시절의 아버지

엄마 가지마요

봄꽃 아쉬움

사랑의 변화

자귀나무 꽃

작은 바램

노가리와 생맥주

잡초

장마

그리움

어머니의 기억

시골집 작은 건넌방 앞 댓돌에는 그 흔한 고무신 하나 놓여 있지 아니하고 늘 비어있었다. 그렇다고 해서 그 방안에 아무도 없는 것은 또 아니었다.

그 건넌방은 여섯 살 소년에게 있어 험상궂은 장군보살 그림이 걸려있는 뒷산 후미진 곳에 있는 당집보다도 더 무서운 곳이었다. 소년이 우물에 가거나 뒤뜰에 갈 때는 언제나 그 방 앞의 댓돌에 신발이 놓여 있는지를 확인했고, 텅 비어있는 때에는 역시 그 방을 피해 멀찌감치 돌아서 가고는 했다.

소년이 매번 그리도 용케 그 방을 피해서 다녔건만 어느 날 할머니 손에 붙잡혀 꼼짝없이 그 방으로 들어가고야 마는 일이 생겼다. "안 들어간다고, 싫다고……." 소년은 손목을 잡혀 끌려가면서도 그 방으로는 결코 들어가지 않겠다는 듯 댓돌에 발 하나를 뻗쳐 걸고는 있는 힘을 다해 버텨 보았지만 결국은 잡혀 들어가고 말았다.

소년이 어찌할 수 없는 힘에 의해 방안으로 끌려들어 오기는 했지만 애써 아랫목에 시선을 두지 않으려 모로 돌아앉아서 있으니 가녀린 손이 다가와 소년의 감춰진 손을 찾아 맞잡고는 "우리 막내 학교 들어가는 거 보고 싶었는데……, 할머니 말씀 잘 듣고, 밥 많이 먹고……." 아마도 이런 말씀을 하시지 않았을까 생각된다. 이것이 내가 나의 어머니를 처음이자 마지막으로 뵌 기억이다.

내 어머니는 오랜 투병으로 작은 건넌방에서는 없는 사람처럼 지내셔야 했기에 댓돌에 굳이 바깥에 신고 나갈 신발이 필요치 않았던 것이다. 또한, 워낙 쇠잔한 몸이어서 어린 나를 돌보아 줄 수 없었기에 어린 나는 어머니와의 교감이 없었고 어머니에 대한 정이 있지 않았기에 그 방에는 들어가지 않으려 했다. 하지만 내 어머니는 당신 생의 마지막 시간을 아깝지 않게 그렇게 어린 내게 쓰시고는 먼 길을 떠나셨다.

한 해의 마지막 달을 며칠 앞둔 어느 날 날씨는 을씨년스러웠지만, 바깥마당에는 색도 고운 오색의 꽃가마가 놓여 있었고 어린 소년은 다른 집에는 없는 물건이 우리 집은 있다는 득의양양한 모습으로 친구들과 어울리는데 안마당에서는 온 동네 사람들이 다 모여있는 것이 무슨 잔치가 있는 듯싶었다. 잠시 후 잔치 날이라 생각했던 집 안마당에서 할머니의 애끓는 곡소리가 시골집 추녀에 부딪히자 이내 소년은 영문도 모른 채 그저 따라 울기만 했고, 그렇게 꽃가마라 생각했던 꽃상여는 동구 밖을 벗어났다.

　입동 지난 찬 바람에 그리 펄럭이던 앙장도 산허리 사이 비추어지는 햇살에 그만 살포시 내려앉은 흰 구름 마냥 얌전한데, 요령 소리가 멀어져 가는 길 양옆으로 이파리 떨군 미류나무가 서겁게 서 있다.

　그때의 어린 소년은 평생을 살아오면서 어머니 얼굴을 기억하지 못한다. 만일 그 마지막 손을 잡아준 순간에라도 고개를 돌려 아랫목을 보았더라면⋯⋯, 지금껏 살아오며 늘 후회했고, 또 더 살아있는 날까지 그 순간을 후회하며 살 것이다.

　나이가 들어 친구들의 부모님 장례식에는 빠짐없이 참석했지만, 회갑연에는 참 참석하기 싫었다. 회갑은 고사하고 사십 대로 접어들지도 못하고 가신 어머니가 생각나고 또 얼굴도 기억하지 못하는 죄책감이 언제나 그런 자리를 피하게 하였다. 꽃보다도 어여쁠 나이에 전쟁을 겪고, 고난의 피난길을 다 헤쳐오셔서 겨우 십여 년 조금 넘는 시간 살다가 떠나셨는데, 머나먼 고향 땅이 그리도 사무치게 그리우셨을까.

남과 북이 자유롭게 오갈 때가 되면 나는 제일 먼저 어머니 산소의 흙 한 줌을 떠서 내 어머니 육신의 고향 땅 황해도 황주에 뿌려 드려야 내 후회의 한 자락을 삭일 듯싶은데, 그런 날이 내게 올 수 있을지 모르겠다.

포구浦口의 석양

- 2024년도 효동문학상 수상 作

　어느새 포구의 서쪽 하늘은 선홍색 핏빛으로 물들어 있고, 바닷물은 검푸르스름하게 변해있다.

　이글대던 태양이 그 열기를 모두 소진하고 찬란한 빛만을 가진 채 저 멀리 아스라이 떠 있는 무인도의 능선을 따라 산책하듯 걷다가 이내 그 모습을 감추어 버린 직후의 모습이다.

　한낮의 하늘은 언제나처럼 수평선 끝자락의 바닷물에 몸을 담가 파랗게 물들어 있었고, 수면은 진주 가루가 미풍에 날리듯 은빛 물결이 눈부시게 춤을 추었던 그곳이었다.

포구는 칠흑의 어둠이 가시기도 전부터 삶이 시작되고 그와 어울려 죽음과도 같은 고요는 깨어지게 된다.

어슴푸레한 포구에 고깃배가 들어오고 그물코에 걸린 생선을 떼어내며 부르는 노동요를 기운 삼아 활기찬 아침 해가 뭍에 걸친 동녘 수평선 위로 불끈 솟아오른다.

이내 어시(魚市)가 형성되고 여기저기서 흥정이 시작되면 한 치의 양보도 없는 수 싸움의 불꽃이 튀는데 그것은 오늘을 살아가야 하는 이유가 모두의 가슴에 절절히 담겨 있기 때문일 것이다.

밤새워 고기를 잡아 온 어부의 손은 바닷물에 불려져 퉁퉁 부어올랐고 얼굴은 집어등의 강한 빛에 그을려 숯검댕이처럼 되었는데 주름마저 깊이를 가늠하지 못할 정도로 깊게 패였어도 누구도 이를 부끄러워하지 않는다.

치열했던 삶의 노고가 온몸에 땀으로 녹아내려 입은 옷조차도 버걱버걱 하지만 밤새 찬 바닷물에 몸 담그고 고생한 고깃배를 어루만지는 어부의 손길은 어린아이 발 씻기는 어미와도 같은 한없이 따스한 다정함이다.

어느덧 파시(罷市)가 되고 나면 주변 언저리에서는 어부들이 인심 좋게 남겨준 물고기들을 가지고 마을 고양이들과 터줏대감

노릇을 하는 갈매기들 간의 먹이 쟁탈전이 치열한데, 어시 내 밥집의 닫히다 만 출입문 사이로 하얀 김이 모락모락 새 나오면 뱃일에 허기가 진 어부들이 얼큰한 우럭매운탕 한 술을 반쯤 뜬 채 독한 소주를 작은 잔 대신 물컵에 따라서는 한입에 툭 털어 넣고는 몸을 진저리치는 것으로 하루의 노곤함을 털어낸다.

어부가 취기의 힘을 빌려 안마당 평상에서 곤함에 빠져들면 포구는 일시 정지 상태와 같은 고요의 세상이 된다. 가끔 길고양이들의 세력다툼에 적막이 깨질 듯싶지만, 어부의 노곤함은 그 소란쯤은 잠결에서 마시는 소주 안주의 멸치꽁댕이에 묻은 고추장쯤 될 터이다.

짧은 오수(午睡)를 마친 어부가 정신을 가다듬고 어구를 챙겨 포구로 나갈라치면 새로운 하루를 맞이할 준비가 다 되었다는 것이며, 그와 함께 포구의 솟대 위에서 앉아 졸던 갈매기들도 힘찬 기지개를 켜고는 어부를 따라나선다.

동력선이 힘차게 바닷물을 차내면 배 꽁무니로 하얀 포말이 만들어지고 이내 활주로 같은 물결을 그려 내면서 어느새 배는 포구 바깥으로 사라지는데 이를 따르는 갈매기들이 마치 만국기가 펄럭이는 것 같다.

고깃배 소리가 옅게 드리운 해무에 묻혀 사라지자 한줄기 서

풍이 동백꽃 하나를 떨구자 밥 짓던 아낙의 속이 까맣게 타들어
가는데 마당에는 길고양이 무리가 속도 없이 맛난 저녁밥을 기
대하고 있다.

포구의 고깃배들이 분주히 바다로 나가고 저 멀리 수평선 가
까이에서 조업을 준비하는 고깃배들의 집어등 불빛들이 제법
휘황하게 도드라져 보이기 시작하는 것이 저녁해가 넘어간 지
도 꽤 지난 모양이다. 이미 바닷물은 검어져서 뭍과 바다가 하
나가 되었고, 포구 주변은 밤이라는 또 다른 하루를 준비하느라
분주하다.

저 멀리 무인도 능선 끝에 희미한 여명이 있는 것으로 보아 그
곳이 태양이 오늘 마지막으로 꼬리를 감춘 곳인 듯싶은데, 이제
포구의 서쪽 하늘은 검붉게 변해있다.

망부 묘望夫 墓

'이 폭풍이 그치면 오시렵니까. 또다시 먼동이 트면 오시렵니까. 비바람 멈추었고 새날은 또다시 밝았는데 가신 우리 님 아니 오시니 어찌할까요 어찌할까요. 동백이 지고 피고 꾀꼬리 울고 날며 암수 서로 정다운데 님은 왜 안 오시나요. 천지신명님 용왕님 제 님 대신 저 잡아가시고 우리 님 어여 보내주시어요.'

짧은 섬 여행을 마치고 뭍으로 나오는 선실에 누워있자니 어제 걸었던 비렁길에서 보았던 망부 묘의 주인공인 여인의 님 그리워 우는 소리가 내 머릿속에서 가시지를 않아 내내 마음이 착잡하다.

가는 봄이 아쉬워 떠난 여수 여행길에서 머문 남쪽 끝 섬마을 숙소 앞 포구는 그림에나 나올법한 풍광이다. 작은 몽돌해안을 가진 삼태기 모양의 포구는 양쪽 날개가 제법 솟은 산으로 감싸 안아 포근함이 느껴지는데 그 해안 앞으로는 수백 년은 되어 보이는 해송 여남은 그루에 지는 해가 숨바꼭질하듯 얼굴을 보였다 감추었다 한다.

이윽고 눈부시었던 석양이 붉그스름해지고 수평선 바닷물과 맞닿은 하늘빛이 선홍색 핏빛으로 물들기 시작하니 하루의 수고를 다한 해가 빠르게 제 모습을 감춘다.

다음날 동트기 무섭게 비렁길을 걷고자 숲길로 접어드니 흔히 들을 수 없는 꾀꼬리들이 옥구슬 굴러가는 지저귐으로 길동무를 해주고 길옆으로는 마을에서 날아와 뿌리를 내린 유채가 노란꽃을 활짝 피어 길 안내를 자청한다.

얼마를 걸었을까, 등줄기에 땀이 흐르고 발이 무거워지는 오르막 내리막 절벽 길을 걸어 마을 개 짖는 소리가 아스라해질 때쯤 깎아지른 해안 절벽 꼭대기에 있는 전망대에 오르니 아침 안개가 뺨을 스치는가 싶더니 이내 눈앞에 망망대해 푸른 바다가 시야에 들어오고 해안 절벽은 행주치마 입은 아낙의 모습으로 보이는 현실 세계가 아닌 착각을 하게 한다.

발아래를 굽어보니 천 길 낭떠러지기요, 저 멀리 보이는 바다는 수평선에 가서야 겨우 그 끝을 보여주고 해안 절벽에 부딪혀 하얀 포말을 만드는 바닷물의 철썩거림이 멀리서도 들리는 듯싶은데 한 줄기 획 하니 부는 바람에 몸을 움찔하여 뒷걸음치다 무언가 막아서는 느낌에 뒤돌아보니 너럭바위 한가운데에 나지막한 밧줄로 된 울타리가 채 한 평도 되지 않는 억새 무더기였는데 무엇인가 하고 허리 굽어보니 작은 푯말에 묘(墓)라는 한 글자가 쓰여 있다.

  어찌 이런 곳에 묘가 있을까, 억새 우거지고 봉분도 거의 없이 돌무더기만 남은 모습을 보아하니 아주 오래전 자리한 듯싶은데 풍광도 전망도 좋지만, 이 멀고 외딴곳에 자리 잡은 사연이 궁금해진다.

  그 사연은 죽은 자의 소망이었을까, 아니면 산 자의 소망이었을까. 여러 가지 상상을 하며 남은 구간을 걸어 어제저녁 숙소에서 보았던 그 해안가에 내려서니 '비렁길 망부 묘' 작은 안내석 문구가 눈길을 끈다.

  '해 질 녘 불어온 서풍에 빨간 동백꽃 한 송이 툭 하고 떨어지니 고기잡이 나간 님 돌아오지 않고 여생을 천 길 벼랑 끝에 올라 오매불망 망부석 되어 그리 기다리며 살다가 그곳에 묻혔다.'

이제는 마을의 설화와도 같은 이야기지만 벼랑 끝 꼭대기에 돌무덤이 실재하고 있으니 설화만은 아닐테고 세월이 흐르고 보니 후손들도 멀어져 갔으되 님을 기다리는 한 여인의 바램이 지금껏 오랜 세월 동안 모진 비바람을 맞으면서도 제 자리에 자리하고 있는 게 아닌가 싶다.

여인에게는 마을 앞 제일 높은 봉우리에 올라야 포구로 들어오는 남편의 배가 가장 빨리 보일 것이라 생각했을 만큼 간절했을 테고, 몇 날 며칠을 천 길 낭떠러지로 떨어질 수도 있다는 것을 알면서도 여인은 그곳을 찾았으리라. 어린 자식들 놓아두고 남편 따라갈 수도 없었던 여인의 심정을 누구라서 알까, 그나마 매일 그 외지고 높은 벼랑 끝에 올라야 목 놓아 울 수 있었던 여인을 나는 천만분의 일도 모르지 않을까 싶다.

무지개를 잡으러 간 소년

아침 햇살이 안마당을 비추는가 싶더니 이내 눅진 솜이불 같은 먹장구름이 몰려와서 한바탕 소나기를 쏟아놓고는 언제 그랬냐는 듯 말끔한 하늘이다.

잔뜩 어스무레 했던 하늘이 개이고 앞 산등성이 너머로 영롱한 무지개가 할머니가 늘 하시던 말씀처럼 동쪽 우물에서 떠 올라서 서쪽 우물로 이어지고 있었다.

소년은 걸터앉아 있던 툇마루를 박차고 일어나서는 아무렇게나 놓여 있던 댓돌의 검정 고무신을 가져다 우겨 신고는 대문을 박차고 나가 골목길을 내달리기 시작했다.

소년은 무지개가 뜨면 언젠가는 잡아보려 마음먹고는 했지만 언제나 잡으러 가려 하다 보면 이내 허공에서 사라져 버리고는 하여 늘 마음이 아쉬웠기에 오늘은 기필코 잡고야 말겠다는 듯 검정 고무신을 채 펴 신기도 전부터 당집 앞 서쪽 우물가로 내달리기 시작한 것이다.

할머니 말씀을 뒷받침이라도 하듯 작은 시골 마을에는 우물이 두 개 있었는데, 동쪽 산기슭 초입에 한 개와 서쪽 당집 앞에 한 개가 있었고, 무지개가 떠 오를 때면 언제나 두 우물에 걸쳐서 떠 있고는 했다.

소년은 학교 통학길에 있어 늘 접하는 동쪽 우물과는 다르게 당집 앞에 있는 서쪽 우물에는 한 번도 혼자서는 가보지 못했던 언제나 두려움의 장소였지만 오늘은 그런 두려움조차도 생각하지 못할 정도로 오늘 또 무지개가 사라지기 전에 잡아야겠다는 생각이 강했다.

정신없이 뒷담을 돌아서니 동네 사람들이 웬일인가 싶은 표정들을 짓고 있고 다시 얼마를 더 내달리니 이번에는 같은 또래가 내달리는 소년의 팔을 잡으러 하는 것을 있는 힘껏 뿌리치고는 작은 도랑물을 건너서 힘껏 내달린다.

그렇게 한참을 내달리다 보니 당집이 보이기 시작했고 순간 멈칫하던 걸음에 그만 돌부리에 채여 고꾸라지고 말았다. 눈앞에 번쩍 별이 뜨는가 싶더니 이내 무릎에서 쓰라림을 느끼고는 정신을 차려 하늘을 올려다보니 집에서 보였던 그 영롱한 무지개는 당집 뒤 산등성이를 넘어서 달아나 버리고 말았다.

소년이 고꾸라지면서 내는 외마디 소리에 당집의 문이 삐그덕 소리를 내며 열리는 데 빼꼼히 열린 문틈 사이로 보이는 검은 그림자에 소년은 머릿속이 하얘져서는 무지개를 잡으러 왔다는 생각조차도 까맣게 잊어버리고는 오던 길을 되돌아서 내달리는데 고꾸라지면서 까진 무릎이 쓰라려 왔다.

얼마를 내달렸을까 가던 길에 팔을 잡았던 또래가 뭔 일이 있었는지 궁금해하며 묻지만, 소년은 그저 뛰기만 했고 이내 집 툇마루 기둥을 부여잡고 혼이 나간 채 거친 숨을 헐떡거리며 고개를 도리도리 치니 영문을 모른 할머니가 화들짝 놀래서는 부엌에서 반쯤 불이 붙은 부지깽이를 움켜쥐고 달려 나와서는 집 대문을 향해 '언놈이고?' 소리치는데 그 모습에 소년은 그만 피식 헛웃음이 났다.

오늘은 기필코 잡아보겠다고 뭉게구름같이 부푼 희망을 품고 달려갔건만 잡아야 할 무지개는 소년으로부터 더 멀리 도망가 버리고 오히려 당집의 무서움만 더해져 왔으니 이제는 더 이상 무지개를 잡겠다는 생각은 못 할 듯싶다.

그렇게 세월이 흘러 소년도 그 무지개는 잡을 수 없는 꿈이라는 것을 알게 되었지만, 결코 무지개 잡기를 포기하지 않았고, 그러다 눈앞에 무지개가 뜨면 어릴 적 그날을 떠올리며 언제나처럼 배시시 웃고는 하였다.

지금쯤 초로가 되어있을 그 소년의 가슴에는 아직도 일곱 빛깔 고운 무지개를 간직하고 있을까.

별

    크라이스트처치에서 아침나절에 출발한 여정이 저녁녘에 되어서야 중간 기착지인 퀸스타운에 도착했다. 여기서 다시 반나절을 더 가야 목적지인 밀포드사운드에 도착할 수 있을 정도로 먼 여행길이다. 아마 우주로 치면 우리별에서 안드로메다 은하까지와 같은 매우 먼 거리가 아닐까 싶다.

    종일 차를 타고 달리는 길은 마주치는 사람 하나 없을 정도로 적막하고 가끔 나타나는 양떼목장에 초지만 보이는 황량한 들판을 지나는 것이 내내 좁은 나라에서 살아온 내게는 익숙하지 않은 풍광이었지만 현지인들에게는 급할 게 없는 여유로운 삶을 살고 있는 것 같아 내심 부럽기도 했다.

    여행의 목적지인 뉴질랜드 밀포드사운드는 북섬의 오클랜드에서 남섬의 중심도시인 크라이스트처치까지는 비행기로 이동하지만 이후부터는 퀸스타운을 거쳐 내내 차량으로 다녀와야 했다.

종일 낮을 달려 도착한 퀸스타운은 높은 산들로 둘러싸인 물결 잔잔한 호수를 품고 있어 능히 여왕이 머물만하리만큼 아름다운 작은 도시였고, 저녁노을이 호수를 물들이자 그 풍광에 빠져있느라 밤하늘이 우리가 살고 있는 이곳과 다를 것이라고는 전혀 생각하지 못했다.

다음날 마침내 밀포드사운드를 방문하고 느지막이 퀸스타운으로 되돌아오는 여정에 삽과 곡괭이로만 뚫었다는 거친 호머터널을 지나자 세상은 온통 칠흑의 어둠으로 변하였고, 그렇게 얼마를 달려 캔터베리 평원에 휴식차 차에서 내려서니 온 하늘이 하얀 모래를 뿌려놓은 듯한 것이 밤 하늘색이 하얀빛일 수도 있다는 것을 그때 처음 알았다.

여태껏 지구의 북반구에서만 살다가 남반구를 처음 방문해보니 계절도 반대, 해가 내리쬐는 방향도 반대인데 밤하늘마저 다르다는 것을 그때 알았고, 태어나서 그리 많은 별을 본 것도 처음이었다.

그 많은 별 중에서 남십자성을 찾으려 애를 썼지만, 북반구의 밤하늘과 다른 생소함과 너무도 많은 별들로 인해 결국은 찾지 못했지만 오랜만에 밤하늘을 올려다보고 별을 헤다보니 어릴 적 할머니 무릎을 베고 누워 별을 헤던 생각이 머리를 스친다.

여름밤이 되면 할머니는 마당에 멍석을 깔고 앉아 더위를 식히고는 하셨고 그럴 때면 할머니 무릎은 언제나 내 차지가 되었다.

할머니 무릎을 베고 누워 하늘을 올려다보면 어스무레하게 은하수가 흐르고 있었고 그 주위로 빛나고 있는 별들이 궁금하여 별은 어찌 생겨났을까 물으면 할머니는 사람이 죽으면 별이 된다고 말씀해 주시고는 하였다.

어려서부터 눈이 좋지 않아 밤하늘의 별자리를 잘 구분할 수는 없었지만, 북두칠성만큼은 쉽게 찾을 수 있었고, 늘 일곱 개의 별에 대해 "가장 맨 앞에 있는 별은 우리 엄마별, 그다음 별은 할머니의 엄마별……." 이리 헤다 보면 어느새 할머니의 따뜻한 두 손이 내 뺨을 쓰다듬고는 하였다.

할머니의 품에서는 언제나 달콤한 향내가 났고 그럴 때면 어느새 나는 할머니의 품으로 더 깊이 얼굴을 파묻을라치면 "우리 애기, 엄마 보고 싶나?"라고 물으셨지만 나는 한 번도 고개를 끄덕인 적은 없었다.

다른 하늘과 다르게 은하수가 펼쳐진 곳에는 수많은 별이 모여있어 할머니께 왜 저기에는 별들이 많이 모여있는 것이냐 물으면 농사짓고 살던 착한 사람들이 모여서 그렇다 하시고는 나를 멍석에 눕히고 은하수에 입을 맞추어 보라고 하였다.

영문도 모른 채 누워 하늘을 바라보면 은하수는 언제나 내 눈 밖에 있었고, 그때 할머니는 좀 더 지나서 은하수가 "우리 애기 입에 꼭 맞춰지면 햅쌀을 먹을 수 있는 것이란다"라고 말씀하였다.

할머니의 말씀처럼 신기하게도 은하수가 내 입에 맞추어지는 때에 이르면 가을 추수할 때가 되었었다.

한 여름밤의 더위도 또 극성스러운 모기도 손주를 위해 매섭게 쫓아주는 할머니의 품속에서 나는 눈으로 보이는 별들을 세어보겠다고 "별 하나 나 하나, 별 둘 나 둘, 별 셋 나 셋……." 하다 보면 어느새 나는 꿈나라로 가고는 했다.

눈앞에 보여지는 세상 어디에서도 불빛 한 조각 찾아볼 수 없어 마치 시공을 초월한 세상에 서 있는 듯싶은데, 때마침 빙하를 건너 불어온 한 줄기 서늘한 바람에 이내 현실 세계임을 자각한다.

끝없이 너른 캔터베리 평원 위로 펼쳐진 새하얀 하늘은 저 멀리 마운트 쿡 산맥의 만년설과 어우러져 어디가 산이고 어디가 하늘인지 경계가 모호한 지경에 이르고, 주위로는 아무 소리도 들리지 않는 적막의 세상에서 어느새 나는 양치기 목동이 되었고 둔덕 너머에서 스테파네트 아가씨가 타고 오는 노새의 방울 소리가 들리는 듯했다.

내 어린 시절의 아버지

- 2024년도 '푸른솔문학회' 주최 도민백일장 수필 대상 수상 作

　천장 낮은 시골집 안방에 젊은 아버지가 어린 나를 앉혀놓고는 연신 목젖이 떨리고 호흡이 어지러워지면서 꺼이꺼이 우셨다.

　어린 아들이 동네 친구들과 놀다가 남의 집 큰 장독을 깨버려 그 집 주인에게 혼구녕이 나는 것을 본 아버지가 나를 집으로 데려와서는 어린 아들의 뺨을 한 대 때리고는 당신의 마음이 찢어지는 듯 그리 우셨던 것이다.

　한 대 맞은 어린 아들은 이게 웬일인가 싶은 표정이었고, 아버지는 그런 아들을 보며 어려서부터 어미 없이 자라는 아들이 남의 집사람에게 혼나는 것을 보고는 너무도 속이 아프셨던 게다.

　아버지는 말귀를 알아듣는지 모를 어린 나의 발갛게 부어오른 뺨을 어루만지며 어미 없이 크는 게 마음 아파 손 한 번 안대고 그리 키웠는데 남의 집사람한테 혼나고 다니면 어떡하냐고 하시면서 더 이상 말을 이으시지 못하였다.

아버지는 네 남매 중 막내아들이 어미를 너무 일찍 여의어서 늘 가슴 아파하시었고 해서 혹여 남들에게 손가락질이라도 당할까 노심초사하며 사시었다.

그날 그 어린 아들은 처음으로 아버지의 마음을 조금은 알게 되었던 것 같다.

그 일이 있고 얼마 후 이번에는 막내아들이 동네 아이들과 싸움이 있었고 늘상 맞기만 했던 아들이 그날은 친구를 흠뻑 두들겨 패서는 그 집 엄마에게 붙잡혀 혼나고 있는 것을 이번에도 아버지가 데리고 집에 오셨다.

아버지 손에 이끌려 집에 오는 내내 나는 지난번 뺨 한 대 맞았던 기억이 떠올라 안절부절 앉아있자니 아버지는 내 손은 꼭 잡고는 '잘했다'라고 말씀하시고는 더 이상 아무 말씀도 아니 하셨다.

그날 아버지가 왜 그리 말씀하시고는 더 이상 말이 없으셨는지 어린 아들은 많은 시간이 지나서야 알게 되었다.

아버지는 평생을 사시면서 단 한 번도 내게 싫은 말씀을 하시지 않았다. 또한, 한 번도 살갑게 대해 주시지 않았지만, 그렇지만 어미 없이 자라게 해서 또 넉넉지 못한 집안 형편으로 잘 가르치지 못해서 늘 미안해하면서 사시였다.

다행히 어린 아들도 말썽 한번 피우지 않고 어린 시절을 보냈고 여느 부자 사이와 같이 아버지와는 특별하게 교감을 나누며 살지는 않았지만, 그저 서로가 무던하게 서로에게 특별하게 신경 쓰는 일 없도록 그리 살았다.

그리하여 어린 아들이 초등학교와 중학교를 마치고 향후 진로에 대해 고민할 때도 아버지와 나는 그것에 대해 서로 말하지 않았고 아버지는 아들을 아들은 아버지의 마음을 굳이 말하지 않아도 알았던 것 같다.

시간이 흘러 고등학교 입학시험을 치르고 결과를 기다리는데 같은 동네 친구 일곱 명 중 제일 나중에 발표하는 나를 제외한 여섯 명 모두가 시험에 낙방했다.

그런 소식을 당연히 아버지도 들으셨지만 역시 아버지는 누구에게도 걱정하는 모습을 보이지 않으셨다.

합격 여부를 확인하러 천안으로 가는 날에도 아버지는 역시 아무 말씀이 없으셨다.

천안에 있는 고등학교의 게시판에 내 이름이 있음을 확인하고는 바로 우체국으로 달려가 마을회관 전화로 아버지께 전화를 드렸다.

　한참을 기다린 후 수화기 너머로 거친 숨소리만 들리는데 아마도 마을회관까지 단숨에 달려오신 듯싶었다.

　아버지께 입학시험에 합격했다고 말씀드리니 아무 말씀이 없으시길래 다시 한번 천천히 말씀드리니 짧은 한마디가 수화기를 타고 들렸고, 그 말씀은 오랜 시간이 지난 지금도 내 귓가에 머물고 있다.

　"택시 타고 와"

엄마 가지 마요

"엄마 가지 마요, 엄마 가지 마요, 엄~마"

여남은 살 정도 되어 보이는 어린 소녀의 울부짖음에 순간 산골짜기 수백 명의 사람의 시선이 한곳으로 쏠리더니 이내 모두가 숨을 죽이고는 누구는 허공을, 누구는 땅바닥을, 누구는 먼 산을 바라보며 서로가 시선의 마주침을 피한 채 어떠한 대화도 움직임도 멈추었다.

대다수 사람들이 까만 정장의 차림이지만 그 어린 소녀만이 유일하게 하늘하늘하는 레이스가 달린 새하얀 드레스를 입고는 영구차에서 내려져 화장장 화구로 향하는 영구(靈柩)를 부여잡고는 그리 애닯게 매달리니 다음 시간으로 장례 절차를 이행해야 하는 상조회사 직원도 화장장 종사자도 어찌하지 못하고 그저 멍하니 서 있기만 할 뿐 어느 사람도 그 소녀를 영구에서 떼어놓으려 하지 않는다.

산골짜기 깊숙이 자리 잡은 화장장은 화구가 두 개 밖에 안되는 아주 작은 규모라서 앞의 일정이 지체되면 연쇄적으로 다른 장례 일정도 모두 지체가 되는 상황이어서 영구를 잡고 놓아주지 않는 어린 소녀가 아무리 슬퍼하고 안타깝다 해도 일정은 진행되어야 하지만 누구도 이의를 제기하지 않았다.

얼마의 시간이 흐른 뒤, 마냥 지켜볼 수만은 없는 상황에 소녀의 외할아버지로 보이는 어른이 울부짖는 어린 소녀에게 다가가 다소곳이 안아주자 온통 정적만이 흐르는 경내 숲에서 "소쩍 소쩍 소쩌쩍 소쩍" 소쩍새가 울음을 하니 어른이 소녀를 바라보며 "소은이가 너무 슬퍼하면 아픈 엄마가 하늘나라로 갈 수가 없단다. 그러니 이제 우리 엄마 천국에 갈 수 있도록 보내주자. 우리 소은이가 너무 슬퍼하니 엄마가 저기 와서 저리 슬프게 울잖아, 그러니 인제 그만 엄마 보내주자" 그제야 움켜쥐었던 작은 손을 놓는데 이번에는 유가족들이 모두 펑펑 울음을 이어가고, 그 광경을 숨죽여 지켜보는 생면부지의 사람들도 눈가에 오가는 손길이 잦아지며 여기저기서 한숨이 높아진다.

잠시 멈추었던 시간이 다시 흐르자 예정대로 장례 절차가 진행되고 사람들은 저마다의 방식으로 나타냈던 슬픔의 표현에 어색해했지만, 누구 하나 그것을 부끄러워하지 않는다.

잠시 옆 사람들의 대화를 들어보니 소녀의 어머니가 어린이날 가족 나들이를 다녀오다 교통사고로 갑자기 어린 소녀와 이별하게 되었다 하는데, 그 어린 소녀의 아픔이 슬픔이 온몸으로 느껴진다.

길지 않은 십여 년을 살아오며 소녀는 엄마가 세상의 전부였으리라. 아파도 엄마를 찾고 즐거워도 엄마를 찾고 했던 그 전부가 이제 없어졌으니 소녀의 심정이 오죽하겠나 싶고 더구나 그 소녀는 평생을 가슴 저미게 아픈 어린이날로 기억해야만 할 텐데 그 고통을 어찌 감내할 수 있을지 짐작도 안 되는 것은 비록 나만의 생각이지 싶다.

소녀의 갑작스러운 엄마와의 이별은 준비되지 않았던 일이기에 더 아픔이었을 것이고 세상에서 제일 예뻤던 세상에서 제일 사랑스러운 엄마였기에 앞으로 영원히 볼 수 없는 엄마와의 이별은 받아들이기 어려운 일일 것이다.

가족들은 소녀가 너무 어린 나이어서 상복을 입힐 수도 없었기에 생전 엄마가 예쁘게 만들어 준 드레스를 입고 엄마와의 영원한 작별을 하게 했다고 한다. 하늘거리는 드레스를 입은 모습이 마치 천사와도 같은데 소녀는 이제 다시는 어린이날에 그 드레스는 입지 못하지, 싶다.

소녀의 모습을 본 처조카가 내게 그런다. 우리 엄마가 어버이날 돌아가시면 평생 용서하지 않겠노라 했다고, 그런 조카의 바램이 마음으로 통했는지 처형은 어버이날 전날에 세상을 뜨셨다. 이제 오십 줄에 들어선 조카도 그런 마음인데 그 어린 소녀는 평생을 기다리고 싶지 않은 어린이날로 기억하게 될 것이다.

화장장에서의 장례 일정을 마치고 장의 버스를 타고 오는 내내 소녀의 아파하는 모습이, 아픔이 가슴에 울려 나도 모르게 눈물이 주르르 흐른다. 누가 볼세라 급히 훔쳐도 계속 흐르는 눈물을 주체하지 못하자 결국 옆자리의 아내에게 보이고 말았다. "왜 울어요?" 그리 묻고는 아내는 아무 말도 하지 않는다. 아마도 처형의 일로 슬퍼하는 게 의아스럽다는 표정이다.

소녀의 아픔이 내게서 한동안 지워지지 않을 듯싶은데, 소녀에 대한 가족들의 보살핌이 잘되어서 소녀가 조금은 덜 아파했으면 하는 생각이다.

돌아오는 차창 밖 길 양옆으로 아카시아꽃이 한창인데 아무런 향을 느낄 수 없는 날이다.

봄꽃 아쉬움

늦은 봄꽃이 피는가 싶더니 밤새 비바람에 어렵사리 피워 낸 어린 꽃잎들이 모두 떨어져 길옆 도랑에 주단을 깔아 놓은 듯 차곡차곡 쌓여있다. 마저 떨구지 못한 아쉬움에서인지 한 줄기 바람이 휑하니 일자 도랑에 곱게 깔려있던 꽃잎들이 회오리 춤을 추듯 벌떡 일어났다가 이내 사그라든다.

봄이야 매년 오는 것이고 봄꽃 또한 매년 피는 것이련만 봄을 기다리는 사람들의 마음이 점점 조급함을 더해가니 제때도 되지 않아 피지 않은 꽃나무를 쳐다보며 아쉬움을 표하지만, 날이 따뜻해지지 않은 날에 봄꽃은 필리 만무한데 사람들의 마음은 자신의 때에 봄이 맞추어 주기를 기대하는 듯하다.

　추운 겨울에 봄은 오는지도 모르게 어느샌가 살며시 왔다가 누가 볼까 두려운지 그렇게 또 살며시 여러 꽃잎을 피워내고는 가는지도 모르게 짧게 아니 머문 듯 우리 곁을 떠나가고는 또다시 일 년을 기다리라 한다.

　화창한 봄날이 그래도 열흘은 지속하여야 온갖 꽃송이들이 만개할 터인데 늘 사람들의 바램대로 되지는 않기에 그 짧은 순간의 바램을 갖고 기대를 하는가 보다.

　복수초 노란 꽃잎이 잔설 사이로 얼굴을 내밀면 이내 남녘으로부터 훈풍이 돌기 시작하고 산천초목이 아직은 겨울잠에 빠져있는 사이 산수유 꽃망울이 톡톡 터지는 것에 시샘하듯 청매실 엷은 흰초록 꽃은 매화 향기를 듬뿍 담아 온 산등성이를 하얗게 물들인다. 이윽고 오래지 않아 길가 벚꽃들이 그 화사함을 뽐내기 시작하면 사람들은 어린아이 소풍 가듯 주저리주저리 봄꽃 맞이에 나선다.

　화사한 벚꽃의 꽃망울이 터뜨리기 시작하고 비바람 없는 날이어야 그 화사함에 빠져들 수 있건만 풍운조화를 뉘라서 막을까, 한바탕 몰아치는 비바람에 얇은 꽃잎 후드득 꽃비 되어 떨어지고 말면 일 년의 기다림도 바램도 모두 허사가 되고 봄은 다른 모습으로 우리의 곁에서 멀어져 간다.

우리가 봄꽃을 기다리는 것은 결코 그 꽃들이 화사하기 때문만은 아닐 것이다. 지난겨울 춥고 어두웠던 묵은 기운을 걷어내고 새롭고 가벼운 소망을 봄꽃에 핑계 삼아 기대하는 것은 아닐까?

화사한 벚꽃잎이 길가 도랑에 쌓였다 해서 그 화사함이 잃어지지 않듯이 우리의 봄날은 또 다른 꽃잎들을 우리에게 보여줄 것이다. 비바람이 지나고 나면 온 동네 산등성이에 또 다른 산벚꽃으로 그 화사함이 물들어 갈 터이니 봄꽃의 아쉬움이 조금은 사그라질 듯싶다.

사랑의 변화

나이가 들어가니 사람 사이에 일어나는 일에 대해 점점 자신이 없어진다. 일상적인 일에도 여러 걱정을 하게 되고, 또 새로운 인연에 대해서는 주변을 두루 살피게 되니 매사 소극적일 수밖에 없다.

어느 누군가와 연을 맺으면 천 가지 시름도 같이 온다고 생각하며 살아왔다. 당장은 좋은 모습만 보이겠지만 되돌아보면 보이지 않았던 온갖 일들이 맺어진 연에 연줄연줄 걸려있는 것이 우리네 인생살이기에 그 모든 것을 함께 할 수 있을 때라야 연을 맺어야 한다고 생각해 왔다.

또한, 한번 맺은 인연은 버려서도 또 끊어서도 아니 된다고 생각했기에 그것이 선연이든 악연이든 가리지 않고 쉽게 버리지 못하고 살아왔다. 그저 옷깃에 스치는 인연도 소중히 생각했고 더구나 의도된 인연은 더더욱 그리해야 한다고 생각했다. 따라서 아마 맞선으로 혼인을 치르려 했다면 필시 맨 처음 본 사람에게 사랑의 감정이 없었더라도 거부하지 못하고 결혼을 했을 것이다.

젊은 시절 누구나가 겪는 첫사랑의 달콤함과 아픔은 내게는 없다. 시골에서 농사일을 거들며 하루하루를 힘들게 살아야 했기에 청소년기의 풋풋한 사랑은 상상도 할 수 없는 생활을 하며 보냈다. 다만, 어느 날부터인지 통학버스에서 화사한 도회지 풍의 여학생이 눈에 들어오기 시작했고 등굣길 같은 시간 두 개의 다른 노선에서 출발하여 오는 버스를 나는 늘 선택하여 오르면 언제나처럼 그 미소를 찾아 두리번거렸고 그러다 발견하지 못하는 날은 종일 학교생활이 무료하기까지 했다.

언제나 한눈팔 새 없이 어렵게 살아야 했던 시절이었기에 그 미소를 꽤 여러 번 찾았어도 말 한마디 건네지 못했고, 그 때문에 어디 사는 누구인지조차 알지 못했지만, 버스에서 그 미소를 보고는 어찌하지 못해 그저 방망이질 치는 가슴을 무거운 책가방으로 감추고는 했다.

그것은 지독한 짝사랑이었지만 나의 첫사랑이었던 것 같다. 하여 이것이 나의 삶에 있어 남녀 간 사랑의 시작으로 기억된다.

청춘의 사랑을 보면 한없이 부러움을 느낀다. 내게도 그런 때가 있었나 싶기도 하다. 오로지 좋아하는 상대를 위해 무엇인가를 할 수 있다면 그 사랑은 아름다운 것이 아닐까.라고 생각했다.

따라서 지금보다 젊었을 때의 내 사랑의 기준은 언제나 내가 주어야만 하는 것을 사랑이라 여기며 살았던 듯싶다. 바라보여지는 사람이 아픈 삶이어야 하고 슬픈 삶이어야 진정한 사랑의 감정이 있는 것으로 생각했다. 살아온 환경이 불행하고 또 처한 삶에 아픔과 슬픔을 가지고 있어야만 사랑을 하여야 한다고 생각했다.

반면 너무도 완벽한 일상을 갖고 밝고 아름다운 사람의 사랑은 오히려 욕심이자 가식으로 생각하며 살았다. 하여 그런 사람이 가지는 마음을 왜곡하여 생각했고 제대로 헤아리지도 못했다. 결국, 밝음 뒤에 감추어진 아픔을 나는 보지 못했던 것이고, 밝음 뒤에도 순수한 사랑이 있다는 것을 나는 알지 못했던 것이다.

또한, 나는 늘 주는 사랑에만 익숙해져 있었기에 받는 사랑에 대해서는 어설펐다. 내가 받는 사랑에 대해서는 왠지 모르게 불편스러워했고, 그 때문에 나는 늘 마음 편한 주는 사랑을 생각했던 것 같다.

이렇듯 사랑은 살아온 세월에 따라 그 모습도 변하는 듯싶다. 청초하기만 했던 시절의 사랑은 자신의 감정에 솔직하게 반응하는 순수함이 있는 사랑이었다면, 현실적인 삶에 마주한 사람 간의 사랑은 이해관계가 이입된 사랑이었지 않나 싶다.

물론 사랑을 일반화하는 것은 옳지 않을 것이다. 그러나 수없이 오랜 시간 동안 이어져 온 사랑의 범주에 나의 사랑도 속해 있지 않을까 싶다.

이제는 내가 가진 사랑의 감정이 그리 많이 남아 있지는 않은 듯싶다. 그 때문에 철없던 시절의 아련한 짝사랑도 또 젊었을 때의 아프고 시린 사랑도 할 수는 없을 것이다. 다만 오래 묵은 장 마냥 오래 두어도 질리지 않는 그런 사랑을 하면 좋을 듯싶지만, 현실은 그조차도 마음과 같지 않다.

자귀나무 꽃

새악시 말간 볼 터치 붓과 같은 연분홍 꽃술이 살며시 불어오는 바람에 하늘거린다.

예년보다 이르게 찾아온 후텁지근함에 무심천 천변길을 걷노라니 아픈 반가움으로 다가오는 자귀나무 꽃이 나무 한가득 피어있다.

성근 고사리 잎 같은 진록의 나뭇잎으로만 있었는데 어느새 가지가지마다 하늘거리는 꽃술을 잔뜩 피워내고는 무심히 흐르는 무심천을 내려다보고 있다.

매년 장마철이면 어김없이 야산에 수줍게 꽃을 피워 봄철의 꽃 대궐이 끝나고 무성한 이파리들만 가득한 야산에 화사함을 전해주던 그 나무꽃이지만 내게는 아픈 기억으로 남아 있는 나무꽃이다.

내 어릴 적 맏이셨던 아버지는 그 많은 옥토를 모두 다섯 형제에게 빼앗기듯 내어주고는 정작 자신의 자식들 먹여 살릴 밭뙈기 한 마지기 없어 남의 버려진 산속 묵은 전답을 찾아 장마 전 이맘때가 되면 나무뿌리를 캐어내고 돌 무리를 주워내며 개간하듯 종일 따비 뜨느라 녹초가 되시고는 했다.

어린 나도 힘을 보태겠다고 힘을 써보지만 암팡지게 뿌리를 박고 있는 버드나무를 내 힘으로는 뽑아낼 수 없어 용을 쓰다 보면 아버지의 삶의 밑천을 빼앗아 간 아버지의 형제들에 대한 원망이 치솟아 움켜잡았던 나무를 내팽개치고는 산길을 걸어 집으로 가곤 했다.

혼자서 산길을 걸어 집으로 가는 길 어느새 먹장구름이 몰려와서는 한바탕 소나기를 퍼붓고는 했고 퍼붓는 소낙비에 두 눈에 맺혀 흐르던 눈물을 섞으며 걷노라면 자귀나무 가지마다 고운 꽃술이 비에 젖어 물먹은 솜처럼 늘어져 있는 모습을 보며 아파했었다.

어릴 적 아픈 기억은 수십 년을 살아도 지워지지 않고 오히려 새록새록 기억되는 것은 무슨 조화인지, 한없이 보드랍고 예쁜 꽃을 보고는 두 손으로 살포시 감싸 쥐니 마치 갓 태어난 병아리를 쥔 듯하다. 손으로 느껴지는 촉감이 너무도 보드랍고 매끈하여 아린 기억은 순간 잊어버리고 계절이 바뀌었음을 생각하게 한다.

봄의 화려했던 꽃들의 향연이 끝나고 산천이 모두 진록으로 바뀌었지만, 자귀나무만은 시골 처녀 수줍음 같이 언제나 나를 반기어 주어 그냥 지나치지 못하고 꼭 한 번쯤은 꽃술을 쓰다듬고는 한다.

내가 가진 아픔을 자귀가 알랴마는 그래도 누구에게도 말하지 못하고 가슴에 맺혀있는 아픔을 발그레한 자귀나무 꽃술에 대고 토하듯 한숨을 내쉰다.

매년 자귀나무 꽃을 보고는 장마철이 되어감을 안다. 그리고 무심히 살면서 잊었던 내 부모님에 대한 그리움도 다시 꺼내 본다.

일제의 억압이 한창이던 시대에 태어나 비극적인 전쟁을 겪으며 모진 피난살이를 하고 겨우 살아남아 좋은 세상 살아보지도 못하고 고생만 하다 가시어서는 생전의 모습과 같이 무심천 비탈 어린 나무꽃으로 꽃을 피우고는 나와 교감하시는 듯싶었다.

한동안 자귀나무를 잡고 있으니 지나가는 사람마다 힐끔 쳐다보고는 간다. 그들도 나와 같이 자귀나무 꽃을 보며 아픔을 떠올리지는 않겠지만 그 화사함만으로도 뭇사람들의 발길을 잡기에 부족함이 없는 나무꽃이다.

무심천 천변길 끝에 갔다가 돌아오니 어느새 한낮의 후텁지
근함도 사라지고 제법 서늘한 밤기운이 도는데 낮에 보았던 그
자귀나무는 여린 이파리를 포개어 마치 내게 합장 인사를 건네
는 듯하다.

작은 바램

따스하게 비추는 햇살에 잠 깨어 창문을 여니 지난밤 세차게 내린 봄비에 하늘은 맑은데 산기슭마다 피어있던 산철쭉꽃이 모두 땅에 떨어져 화사했던 숲이 검푸르게 보이는 아침이다.

그간 환절기만 되면 앓고는 했던 병이 이번에도 어김없이 찾아와 무진 고생을 하다 보니 어느새 예쁘게 피웠던 꽃들도 다지고 말았고 계절은 벌써 봄을 지나 초여름으로 향하고 있다.

그동안 앓아오던 병이 밤에 내린 비와 함께 씻기어 나간 듯 오랜만에 몸이 가벼워 침대에 가만히 누워있지를 못하고 창문을 열어 머리를 빼꼼히 내밀고는 바깥의 풍광을 그리고 마당을 둘러보는데 이른 시간이라 그런지 아무도 없다.

이곳에 온 지도 몇 해가 다 되어가 이제 어지간히 적응할 만도 한데 정신만 온전해지면 늘 집 생각과 애들 생각이 난다. 그러고 보니 애들을 본지도 반년은 된 듯싶다. 딸네는 영국으로 유학 가서 잘 지내는지, 손주는 아프지 않고 건강하게 유치원에 잘 다니고 있는지, 아들네는 직장생활과 하는 일 모두 잘 되고 있는지 다 궁금하였는지만 알 도리가 없다.

혹시나 하는 괜한 마음에 다시 얼굴을 내밀고 마당을 둘러보지만, 여전히 아무도 없는 빈 마당이다. 다소 실망한 마음으로 턱 괴고 있으니 조금은 낯익은 보호사가 반갑게 눈인사를 하며 다가온다.

보호사에게 애들 소식을 물으니 지난 주말에 딸네 가족과 아들네 가족 모두 다녀갔다 한다. 딸네는 영국 유학에서 돌아온 지 몇 년이 지났고 손주는 학생이 되어 학교에 잘 다니고 있다 했단다. 그리고 아들네도 하는 사업이 잘되어서 바쁘기는 하지만 나름 재미있게 살고 있다고 했다 전해주면서 자식들 만난 기억이 없냐고 하는데 아무리 생각해도 만난 기억이 없다.

원래부터 정신이 없었던 것일텐데 환절기 앓느라 정신이 없었던 것으로 생각되는 게 그나마 다행인지 모르겠지만 그래도 더 이상 정신 잃지 않고 사는 날까지 살았으면 좋겠다는 생각을 가져본다.

오늘은 왠지 몸도 마음도 가뿐한 게 꼭 누구를 만나야만 할 것 같은 생각이 든다. 지난 겨우내 일어나지 못하고 누군가의 보호를 받으며 지낸 날들을 모두 다 기억할 수는 없지만 분명 내 힘으로 지내지는 않았다는 것을 아직은 충분히 알 수 있다.

이제는 이미 망가져 버린 몸과 정신이지만 그저 지금처럼만 가끔 정신이 온전하게 돌아와 지난 일들이지만 그래도 자식들 사는 소식을 들어봤으면 좋겠다는 아주 작은 바램만이 있을 뿐이다.

해가 높이 오르니 날이 적당한 게 숲길을 걷기에 좋을 듯하다고 해서 보호사가 이끄는 대로 따라나서니 얼굴에 스치는 미풍이 마치 비단결같이 부드럽고 오랜만에 밟아 보는 숲길은 맨발로 진흙을 밟듯이 부드럽다.

야트막한 언덕에 올라서니 숨이 가빠온다. 잠시 나무 등거리에 걸터앉아 숨을 고르자니 뒤편 키 큰 나무에서 샛노란 꾀꼬리 한 쌍이 노래를 불러준다. 예전 어렸을 적에는 늘 주변에 같이 살았던 새였는데 오랜만에 모습을 본 듯싶다.

숨을 고르고 난 후 고개를 들어보니 멀리 떨어진 곳에 아스라이 남한강이 흐르는데 검정치마에 흰 카라를 한 너덧 명의 어린 여학생들이 가방을 모래밭에 두고는 물놀이를 하고 있는 듯싶은데 무엇인가를 물속에서 주워 올리는 것이 가만히 보니 다슬기를 잡는 모양이다.

거기에는 은숙이와 옥화도 또 대용이와 대형이도 있었다. 늘상 잡아 오던 다슬기인데 무엇이 그리 재미있는지 그저 치맛단이 강물에 적시어지든 말든 상관없이 깔깔거리느라 정신들이 없다.

시내에서 차를 타고 목계나루에서 내려서는 한바탕 놀이삼아 다슬기를 잡고는 누구는 엄정으로 누구는 금가로 누구는 앙성으로 헤어져 집으로 가지만 거의 매일같이 초여름부터 가을까지 하는 일로 늘상 시간 가는 줄 모른다.

어느새 해가 서산으로 기울어 갈 즈음 마을 앞 언덕에서 엄마가 어여 오라 손짓을 한다.

노가리와 생맥주

70년대가 끝나고 사회, 정치적 혼돈의 시기에 충청도 시골 소년은 대한민국의 수도 한복판에 일제가 지어놓은 거대한 화강석 블록 건물에서 생애 첫 직장생활을 시작했다.

지하철역에서 나오자마자 마주하는 위압적인 건물은 그러잖아도 주눅 들어있는 시골 소년에게는 동경이 아니라 두려움의 대상이었고, 기껏해야 5층 정도의 건물만 보고 살아왔기에 광장 너머 으리으리하게 자리 잡고 휘황찬란한 조명으로 꾸며진 플라자 호텔은 마치 다른 나라에 와있는 듯한 생경함을 느끼기에 충분했다.

소년에게는 어울리지 않는 양복에 목을 조이는 넥타이는 마치 교수형 틀에 매여있는 올가미처럼 부자연스러웠고, 발에 맞지 않는 딱딱한 가죽구두는 운동화에 익숙해져 있는 발에 매일같이 고문을 가해 오던 시절이었다.

첫 직장 시작의 계절인 겨울이 지나고 사회, 정치적 격정 시대인 서울의 봄이 한창일 때 매일 같이 이어지는 데모와 최루탄의 매운맛에 어느 정도 길들여져 갈 무렵 직장 동료이자 한참 선배들을 따라 무교동 골목의 맥줏집을 찾아 생애 처음으로 술이라는 것을 맛보았다. 유리 글라스에 담긴 보리 색깔 나는 생맥주는 입에 한 모금 넘기자마자 씁쓸하고 텁텁한 맛에 이런 것을 무에 맛있다고 먹는지 알 수가 없었기에 그저 안주로 나온 잘 구워진 노가리만 연신 주워 먹었다.

십 년 이상씩 사회생활을 한 선배들은 정치참여가 금지된 직업적 특성상 작금의 시국에 대해 조심스레 자신들의 의견을 내비치는 것을 내가 알지 못하는 직장의 고충에 빗대어 은근히 감정 표출을 하고는 했다. 오랜 기간의 통치자가 사라지고 새로운 세력인 이른바 신군부라는 용어가 등장하기 시작하면서 사회는 급속도로 혼란스러워져만 갔다. 직장에서도 그 변혁의 물결을 피할 수 없어 누구는 원하지 않는 퇴직을 해야만 했고, 구성원 모두는 이전과는 사뭇 다른 직장문화에 적응해야만 했다.

무교동의 뒷골목은 사회적 변혁에 당황스러워하는 직장인들로 밤이면 불야성을 이루었다. 고급 요정에서나 마시던 술은 뒷골목 노상 깡통 탁자에 둘러앉아 노가리에 생맥주를 마시는 문화로 바뀌어 가고 있었고, 누구라도 할 것 없이 정신 차리지 못할 정도로 변해가는 사회에 그저 등껍질이 벗겨지고 대가리가 떨어져 나가는 노가리만이 탁자 위에 가득가득 쌓여만 갔다.

대개의 테이블마다 다루어지는 화제는 당연히 변화된 시국 이야기였지만 가끔씩은 직장에서의 고충 또한 가끔 섞여 있었고 그럴 때면 무슨 일들이 그리 많은지 서로가 열띤 감정을 드러내다가도 한 모금 마시는 그 생맥주에 막혀있는 답답함을 풀어내듯이 꼭 한 잔의 끝을 '카~'하는 감탄을 내뱉고는 하는데, 여전히 생맥주가 주는 그 청량함을 알지 못하기에 어떤 맛이 그리 막힌 속을 풀어주는지 알지 못했다.

안주만 축낸다는 선배들의 타박에 비쩍 마른 노가리 하나 집어먹는 것도 눈치가 보였던 시절을 보내고, 이십여 년이 지난 뒤 다시 찾은 그 골목은 어느새 나는 예전의 선배가 되어 씁쓸한 생맥주를 달디달게 마셔가며 열변을 토하고 직장생활의 고충을 아직은 알지 못해 노가리만 열심히 먹는 후배를 타박하고 있었다.

오래전 선배들이 씁쌀한 생맥주에 쓰디쓴 마음을 섞어 달디

단 감로수처럼 시원스레 마시며 격정을 토했던 맥주 맛을 조금은 알 것 같았던 시간도 잠깐, 어느새 머리 한쪽에 서리가 내리고 그 많던 선배도 후배도 모두가 떠나버린 텅 빈 공간에서 희미하게 붙잡고 있는 기억 속의 노릇노릇하게 구워진 노가리와 맥주가 생각나지만, 주변 어디에도 깡통 탁자에 마주 앉을 이 아무도 없는 처지가 되었다. 기억 속 무심히 집어먹던 노가리의 뱃속 검은 횡격막이 씹혀 입안이 쌉싸래했던 기억도 이제는 다시는 맛볼 수 없는 추억이 되었는가 보다.

연일 찜통보다도 더한 더위가 극성이어서인지 밥맛도 잃어버린 저녁 혹시나 하는 마음에 어두워진 율량동 주막거리를 배회해 보아도 반겨주는 곳 하나 없어 그저 테라스 테이블에 왁자지껄 시원한 생맥주에 노가리를 뜯는 젊음을 마냥 부러워하며 힘없이 발길을 돌린다.

잡초

미술관 앞마당 보도블록 틈 사이로 앙증맞게끔 풀 한 포기가 얼굴을 내밀었다. 뽑아버릴까 하고 무심하게 허리를 숙여 엄지 검지로 잡아 뽑으려는데 왠지 못 할 짓 하는 것 같은 마음에 내밀었던 손을 접고는 무릎을 굽히고 앉아 가만히 들여다보니 질경이 새싹이었다.

'그 많은 벌판 다 놔두고 이 엄혹한 자리에 터를 잡았을까, 누가 너를 이곳에 자리 잡게 하였더냐, 새더냐 바람이더냐 그도 아니면 사람이었더냐' 속엣말로 중얼거리고는 차마 저도 살겠다고 나왔는데 세상 하룻볕도 제대로 못 보고 뽑혀 나가면 얼마나 생이 허무할까 하는 생각에 그만 굽혔던 무릎을 다시 편다.

더구나 그 작은 질경이가 보도블록 틈바구니에 있다 해서 사람들에게 해가 되는 것도 아닐테고 또 아직은 너무 작아 자세히 들여다보지 않으면 눈에 띄지도 않을 테니 혹여 청소하는 사람에게도 미관상 뽑아버려야 할 불청객으로 보이지는 않을 것이다.

질경이가 논밭두렁이나 풀밭에 나왔으면 초목의 일원이 되어 당당하게 살았을텐데 왜 하필 사람들이 밟고 지나다니는 그것도 화강석 보도블록 사이 비좁은 틈으로 났을까 싶다. 한 포기의 풀도 제가 나아야 하는 자리가 아닌 곳에 있으면 그 아무리 이름 있다 해도 잡초에 불과한 것인데.

며칠을 지나다니며 질경이를 지켜보았다. 제법 잎사귀도 몇 잎 더 늘어났고 보랏빛 색으로 변해가는 게 멀리서 보아도 당연히 질경이로 보인다. 그동안 그 많은 사람에 밟혔을 텐데도 용하게 살아남은 게 한낮 잡초라 불리지만 대단하게 보인다.

그렇지만 질경이가 이제 좁은 블록 틈에서 벗어나 잎을 바닥에 펼쳐 사람 눈에 쉬이 띄는 지경에 이르면 꼭 마당 청소하는 사람에게 뽑히고 말 터인데, 생각만으로도 안타깝지만 그렇다고 뽑아버리는 사람을 탓할 수도 없는 노릇 아닌가.

질경이는 시골이나 도시 가리지 않고 햇볕만 있는 곳이면 그곳이 습지든 마른 땅이든 살아남아 군집을 이루며 살아간다. 해서 그 질긴 생명력 덕분에 흔히 사람의 질긴 목숨을 말할 때 비유되는 풀이기도 하다.

어릴 적 뒷산 너머로 학교에 다닐 때도 또 농사일을 도우러 다닐 때도 어김없이 마른 땅이 끝나는 지점에는 으레 질경이 무리가 풀숲의 시작을 알리고는 하였던 기억이 있다. 그때에도 그 질경이들은 사람이 밟고 소가 밟고 또 우마차 바퀴에 깔리고서도 끈질기게 살아남아 결국 삐쭉하니 꽃대를 세워 올렸던 모습이 기억된다.

한낱 질경이 한 포기 있어야 할 곳이 아닌 도시의 보도블록 틈에 태어나 밟히고 또 언젠가는 뽑혀 나가겠지만 그곳이 어디가 되었든 뿌리를 내리고 잎을 피우며 살아가고자 하는 모습이 아리하다.

내가 잡초 같은 환경 속에서 태어났다면 나라면 그 질경이처럼 살아냈을까. 기댈 곳 하나 없는 허허벌판 같은 곳에서 누구에게도 의지하지 않고 그렇게 홀로 버티며 살아냈을까. 누구한테나 잡초소리 들어가며 과연 살아냈을까. 살아온 날들을 잠시 되돌아보았다.

질경이가 자리 잡은 보도블록 몇 걸음 떨어진 곳에는 가장자리가 남천으로 조성된 울타리 안에 작은 공터가 있고 그 가운데는 고운 결의 잔디가 단비를 맞아 푸릇푸릇 잎을 뻗는데 한가운데에 잡초인 토끼풀 무리가 자리 잡고는 그 위세를 맹렬히 떨치고 있다.

보는 사람으로서는 그 공터가 잔디밭이든 토끼풀밭이든 아무 상관이 없다. 오히려 인근 여고생들이 학교가 파한 햇볕 따스한 오후에 그 잔디밭 가운데의 토끼풀 무리에 옹기종기 모여서는 네 잎 클로버를 찾는 모습이 참 보기 좋아 보인다. 하지만 아직은 잔디밭을 관리하는 사람들이 오지 않아 토끼풀이 있지만 얼마 지나면 토끼풀 무리가 자리했던 곳은 모두 뜯겨나가고 그 자리엔 옛적 아이의 기계총 머리 자국처럼 휑할 것이다.

이렇듯 잡초는 누구든 될 수 있다. 어디에 있느냐에 따라 잡초라는 말은 바뀔 수 있다. 잔디밭에 토끼풀이 자라면 토끼풀은 잡초다. 또 토끼풀밭에 잔디가 자라면 그 잔디 또한 잡초일 수밖에 없다. 이렇듯 어느 때 어디에 있느냐에 따라 잡초인지 아닌지 구별될 뿐이다.

우리 인간의 삶도 별반 다르지 않다. 어느 무리에서든 내가 쓰임새가 있는 존재라면 나는 잡초가 아니겠지만 그렇지 않다면 나는 결국 잡초일 뿐일 것이다.

한편 질경이는 여리할 때는 산나물로도 채취되고 또 한약재로도 쓰인다. 보도블록의 그 질경이도 고운 환경에서 자랐으면 귀한 대접을 받았을 것인데 본인의 의지와는 아무 상관 없이 그 엄혹한 장소에서 태어났기에 살아내려 하는 것일 뿐일 것이다.

그러나 많은 생각을 하게 해주고 살아보려 애쓰는 것으로 보였던 그 작은 질경이는 주말을 지나고 나온 아침 길에 더 이상 그 모습을 내게 보여주지 않았다.

장마

후텁지근한 날이 며칠째 이어지더니 지난밤 요란한 천둥 번개와 함께 장맛비가 내리고 있다. 예보 상으로 다음 주 내내 비가 내린다고 하니 장마가 맞는 듯하다.

도시에 살다 보니 예전 시골집 추녀 아래로 빗줄기가 떨어져 흙 마당이 죄다 패이도록 물방울이 부딪혀 튀는 정취를 느낄 수는 없지만 그래도 창문 밖 커다란 나뭇잎에 부딪히는 빗소리가 조금은 아쉬움을 달래준다.

기후가 변화되어서인지 장마가 시작되는 시기도 예전보다는 빨라진 듯싶고 갑작스럽게 폭우가 심심찮게 내리는 것을 보니 자연이 화가 많이 난 느낌이다.

장마가 시작되면 예전의 농부는 정말 눈코 뜰 새 없이 바쁘게 움직였다. 많은 비에 농작물이 망가지지나 않을까 노심초사하며 뜬눈으로 밤을 지새우기 일쑤였고 날이 채 새지도 않은 새벽에 논에 나가 물꼬를 트고 쓰러진 벼를 세워 주느라 아침밥도 미처 챙기지 못할 때가 다반사였다.

신은 신을 벗지도 못하고 마루 끝에 걸터앉아 겨우 아침밥을 몇 술 뜨는가 싶으면 이번에는 밭으로 나가 갖가지 작물이 세찬 비바람에 쓰러진 곳은 없는지 또 물 막힘은 없는지 살피고는 이내 그동안 물이 없어 미루어 두었던 천수답에 가서 늦은 모내기를 하느라 여념이 없다.

그때는 누구나 모두 다 그리들 하고 살았다고는 하나 지금 생각해 보면 우리 부모님들이 그리도 힘든 삶을 사실 수밖에 없었던 시절이 참 밉다.

시기적으로 왕성하게 자라는 농작물이 한창 물이 필요할 시점에 장마는 시작된다. 또한, 봄철 농사를 위해 가두었던 물을 빼내 바닥이 드러난 저수지에 물을 채워놓아야 하는 시점이기도 하다.

그러나 때로는 너무 많은 비와 또 갑작스러운 폭우로 여러 피해를 보는 것도 있지만 장마는 우리가 살아가는 일상에 필요불

가결한 조건이고 자연현상일 뿐이다.

우리네 인생살이의 긴 여정에도 꼭 한두 번씩의 장마와 같은 시련이 있지 아니한가. 일생을 살면서 어떻게 그 긴 세월을 순탄하게만 살아가겠는가. 농부가 장마를 대비하여 미리 준비하고 또 장마를 맞이하여 각고의 노력으로 어려움을 헤쳐나가듯 인생의 긴 장마도 갑작스럽게 쏟아붓는 폭우도 미리 대비하고 잘 견디면 되는 것이다.

우리 조상들은 장마가 시작되면 그동안 미루어 왔던 일을 하고는 했지 결코 자연에 맞서거나 원망만 하지는 않는 지혜를 가지고 사셨다.

밤새 닫아놓았던 창문을 활짝 열어젖혔다. 신선한 바람이 휙 하니 밀려온다. 이른 아침이라 그런지 습함은 그다지 느껴지지 않아 생각과는 다르게 상쾌하다.

창문 밖 나뭇잎에 사르르 소리를 내며 부딪히는 소리, 창문에 후드득 하고 부딪히는 소리, 물길을 타고 통통통 흐르는 빗소리의 하모니가 마치 쇼팽의 교향악 같다.

나는 아침 늦도록 일어나 창문 밖에 내리는 빗소리를 들으며 옛 생각에 젖는 호사를 누리지만 우리 부모님은 참 힘든 삶을 사시다 가셨구나 싶은 마음에 갑자기 눈앞이 흐려져 온다.

기왕 시작되고 또 지나야 하는 장마라면 어려운 이에게 큰 피
해를 주지 않고 또 이웃들이 너무 많은 수고로움을 하지 않도록
사부작사부작 비를 내리고 지나갔으면 하는 바램이다.

그리움

앞산 너머로 아스라하게 기적소리가 들려오면 산골 소년은 보이지 않는 그 세계가 궁금했다. 발이 보이지 않을 정도로 내달려 산등성이에 오르면 이미 기적소리는 멀어져 간 뒤였고 늘 아쉬움만 가슴에 안고는 돌아오고는 했다. 그곳은 어떤 사람들이 살고 있고, 또 어떤 세상이 펼쳐져 있을까 하는 생각은 그 후로 가슴 속에만 간직하는 그리움이었다.

그 후 50년을 넘게 살아도 그 시절의 아쉬움은 사라지지 않았다. 언제나 고향 마을을 찾으면 그 산등성이에 오르리라, 그래서 그 기적소리를 다시 한번 들어보리라 했지만, 여태껏 더는 그곳에 오르지 못했다. 아니 오르지 않았다. 이미 그곳에는 내가 기억하고 있는 그 기적소리는 들려오지 않는다는 것을 너무도 잘 알기 때문이다.

어릴 적 곤궁했던 삶 속에서도 다시 그 시절로 돌아가고픈 사람들의 추억은 아픔뿐 아니라 기쁨이 함께하는 그리움일 것이다. 그렇지만 내게는 기쁨보다는 아픔으로만 기억되는 그리움이다. 어릴 적 언제나 홀로인 것이 얼마나 큰 아픔인지 겪지 않은 사람은 알 수가 없다. 그렇기에 이제 다시는 올 수 없는 예전의 그리움은 저 가슴속 깊은 곳에 묻어 두어야겠다. 그래야 오늘을 살아갈 수 있고 또 내일을 살아갈 이유가 될 테니 말이다.

여느 날과 다른 모처럼 햇볕이 좋은 오후에 주변을 돌아드니 높은 담장 밑에 노랑색과 빨강색이 어우러진 채송화 한 무리가 소담스럽게 피어있다. 옛적 뒤뜰 장독대 밑에 피어나던 꽃을 보는 듯 반가운데 한편 그때도 혼자만이 여리게 피어난 채송화를 쓰다듬던 기억이 불현듯 아린 그리움으로 다가왔다.

조만간 통영 앞바다 작은 섬에서 일생 꿈꾸었던 삶을 살게 될 것이다. 막연하게만 그렸던 일들이 현실이 되어 살다 보면, 푸른 바닷물 위로 불어오는 육풍을 타고 희미한 문명의 소리가 들려올 때마다 또 물안개가 섬 주변에 자욱하게 내려앉을 때마다 뭍의 시간을 그리워할 수도 있을 것이다. 또한, 외돌아 사는 날들이기에 막연한 기다림의 그리움은 커져만 갈 것이다. 하지만 이제는 내게 남은 시간에 많은 그리움이 자리 잡게 하고 싶지는 않다.

　그리움은 기다림의 또 다른 말이다. 먼 옛날의 시간부터 시작된 삶의 하나하나가 이제는 더 이상 이루어질 수 없는 일들이 그리움이겠지만, 달리 생각하면 지난 일들이 아직도 그와 같기를 기다리는 것과 다르지 않은 것이다.

　멀어져간 시간 속의 나의 기억이 그리움으로 남겨져 있는 것은 점점 삭막해지는 내 마음을 도닥여 주기 위함이리니, 이제와 굳이 끄집어내어 확인할 이유도 없는 것이다. 지나간 그리움은 그리움으로 남겨두고 기다리는 그리움은 그리 많이 만들지는 않으리라.

　계절이 바뀌어 감을 이제는 마당 가 나뭇잎에서도 알 수 있다. 색이 바래 떨어지는 수많은 낙엽처럼 나의 지나간 그리움도 점점 색이 바래져 기억 속에서 사라지도록 그냥 내버려 두어야 겠다. 앞으로 기다림에 의한 그리움이 더 자리 잡을 수도 있겠지만, 어느 날 홀연히 가게 되더라도 가슴에 쌓인 그리움이 쉬이 사그라들도록 많은 그리움이 쌓이지 않았으면 좋겠다.

집으로 오는 길, 가을 찬비가 몸을 적신다. 돌아와 텅 빈 공간에 앉아있으니 언제나처럼 혼자라는 것을 깨닫게 된다. 이제는 익숙해졌을 만도 한데 아직도 가슴 속 빈 공간이 많이 있는가 보다. 더 채워야 하는 그리움이 있는가 보다.

독한 소주 한 잔을 마시니 목구멍을 타고 내려가는 찌릿함이 가을비로 차가워진 몸을 데우는 듯하다. 내친김에 진한 그리움을 타서 한 잔 더하자 까닭 없이 눈물이 흐른다.

기
다
림

　낙엽을 집어 드니 듬성듬성 벌레 먹은 잎이 계절을 앞서
느꼈음인지 울긋불긋하게 단풍색을 띠고 있는 것이 오호
라 가을이 여기에 와있었다.

울림

포옹

각자쟁이의 눈물

동네 미용실의 사람들

장인, 장모님의 늙어 변한 모습

추석 전날 괴산 버스터미널의 노부부

작은 섬

애국자

헤어지는 부부들

계곡물에 발을 담그고

단기출가(短期出家)

열매와 쭉정이

씨앗을 품은 열매

말(言)과 삶

가을의 길목에서

작은 섬의 오후 4시 반

그를 만나다

울림

- 2024년 6월 충북일보 게재

 어렸을 적 고향 마을 야트막한 앞산은 '굴바위 산'으로 불리었다. 물론 원래의 이름이 있다는 것은 고향마을을 떠나고 나서도 한참 후에 알았다.

 어느 날인가 혼자 앞산 등성이를 걸어 오르는데 발을 디딜 때마다 발밑에서 "통통" 소리가 나길래 일부러 걷는 내내 콩콩 뛰면서 신기해했었는데, 아마도 사람들에게 불리는 이름처럼 바위로 이루어진 굴이 많아서 땅울림이 있지 않나 생각하며 어딘지에 있을 굴을 찾으려 했던 아련한 기억이 있다.

햇볕이 추위를 녹여 내리는 봄날이 되면 산골 소년은 종종 뒷산에 올라 눈에 보이지는 않지만, 어디인가에 있을 바깥세상을 그리고는 하였다.

산언덕을 오르면 서쪽으로는 아스라하게 서해바다가 해무에 싸인 듯 보이고 동쪽 산등성이 너머로는 저 멀리 천안역에서 들려오는 기적소리가 "빠~앙"하고 메아리쳐 오면 그 희미하게나마 들리는 소리는 산골 소년에게는 문명이 있음을 전해주는 메아리였고 또 바깥세상으로 나아갈 희망의 울림이었다.

시간이 흘러 직장생활에 지쳐갈 즈음 마음의 짓눌림을 덜어내고자 꽃 문살이 아름다운 부안에 있는 내소사 템플스테이 행사에 참여한 적이 있다.

저녁 공양을 마치자 산골짜기는 칠흑의 어둠으로 변하였고, 저녁 예불의 독경 소리만이 고요한 경내를 채울 때 범종 타종을 위해 종각에 오르니 어둠 속에서 위압적으로 다가오는 범종에 그만 타종할 엄두가 나지 않아 멈칫 뒷걸음질하였다.

이에 스님이 낮은 목소리로 한 말씀 하신다. 어여 종루의 당목을 힘껏 잡아당겨 치라고, "둥~웅" 이내 고요한 밤공기에 귀가 울리고 가슴이 울리는데 그동안 얼마나 많이 쌓인 설움이 삭아지는지 그만 뜨거운 눈물을 주르르 흘렸던 기억이 있다.

오래도록 기억에 남는 영화 중 2004년도에 만들어진 닉 카사베츠 감독의 '노트북'이라는 영화가 있다.

영화는 어느 요양원에서 치매에 걸려 기억을 잃은 여인에게 매일같이 남편이 책을 읽어주는 장면으로 시작된다.

여인은 남편이 매일 읽어주는 젊은 시절의 노트 글을 들으며 종종 기억이 돌아올 때면 지나온 날들을 회상하며 살다가 부부가 같은 날 생을 마감하는 이야기로 서로에 대해 변치 않는 사랑을 보여주어 보는 내내 마음 울림이 컸던 영화로 기억하고 있다.

얼마 전 청주에 내려와 지내게 되었을 때 휴일이면 홀로 근교 암자를 찾아다니며 시간을 보내고는 하였는데, 어느 날 들른 암자가 어디선가 들어본 듯한 '화장사'였고 바로 김홍은 작가의 수필 '가침박달'에 나오는 절이란 것을 알게 되었다.

수필은 화장사 젊은 여승의 미소에 반해 다시 찾지만, 어디에서도 그 젊은 여승의 미소를 볼 수 없어 안타까워하는 애잔함이 읽는 내내 가슴에 울림으로 전해져 왔었다.

얼마나 그 젊은 여승의 미소가 마음에 와닿았으면 가침박달 꽃봉오리와 같이 방울방울 피워내던 미소라 했을까, 얼마나 그 젊은 여승이 그리웠으면 가침박달나무 꽃가지를 꺾어다 주는 환상을 보았을까 자못 궁금하기도 하여 찾아보았으나 어디에도 그 젊은 여승은 보이지 않았다.

　울림은 그 형태나 방식이 매우 다양하다. 물리적 울림이 있으면 정신적 울림도 있고, 공간적 울림이 있으면 시간적 울림도 있다. 또 남에게 주는 울림이 있으면 내가 받는 울림도 있으며, 동시에 주기도 하고 받기도 하는 울림도 있다. 또한, 여러 형태의 울림이 복합적으로 나타나는 울림도 있다.

　어릴 적 굴바위 산의 땅울림은 물리적 울림이요, 기적 소리는 공간적, 시간적 울림이다. 또한, 내소사 범종의 타종은 공간적, 정신적 울림이며 동시에 주는 울림과 받는 울림이 복합적으로 존재하는 울림이고, 영화 '노트북'에서와 수필 '가침박달'에서의 울림은 정신적 울림이라 할 수 있다.

　이렇듯 우리의 삶 속에는 여러 종류의 울림이 존재한다. 그 울림은 누군가에게는 아련한 기억이 되고 또 누군가에게는 마음의 병을 치료해 주는 약이 되기도 하며, 누군가에게는 살아갈 희망이 되기도 한다.

　이웃들과 어울려 살아가는 삶 속에서 나는 과연 울림을 주는 사람인지 다시 한번 되돌아본다.

포옹

포옹은 언어로서는 더 이상 표현할 수 없을 때 하는 '행동의 말'이다.

매년 연말쯤 대입 수능시험을 마치고 교문 밖을 나오는 딸을 그저 말없이 다가가 살포시 안아주는 엄마의 가슴 뭉클한 장면을 우리는 보고는 한다. 이처럼 말보다는 포옹이 주는 마음의 전함은 그 어떤 말로는 표현하지 못할 때가 있다.

우리는 살아가면서 대부분의 의사 표현은 언어인 말로 한다. 하지만 포옹은 언어로는 할 수 없는 표현을 할 수 있게 하는 말의 저 너머 숭고한 행동이지만, 가부장적이고 엄격한 윤리의식이 지배했던 가정에서는 참 보기 어려운 행동이기도 하기에 혹여 상황이 주어진다 해도 생각과 같이 행동으로 나타내기에는 쉽지 않은 것이 사실이다.

살아오면서 단 한 번 포옹을 받은 적이 있다. 딸이 대학을 마치고 직장인이 되어 서울 시내 백화점에서 만나기로 했을 때 매장 한가운데서 나를 발견한 딸이 달려와 냅다 내게 안겼던 기억이다. 당시 주위 사람들의 시선을 의식하고는 얼마나 멍구스러워 했었는지 모른다. 딸과의 포옹조차도 그리 경직된 생각을 하고 있었으니 얼마나 고루한 사고의 삶이었는지 미루어 짐작이 가고도 남는다. 하지만 그 당황스러움은 곧 한 번도 느껴보지 못했던 달콤함으로 바뀌어 오랜 시간이 지난 지금껏 내 기억에 남아 있지만, 그 이후 딸은 결혼했고 더 이상의 달콤함은 내게 주어지지 않았다.

딸이 결혼하고자 사위감을 집으로 데려온 날, 나는 현관문을 열고 들어오는 사위를 신발 벗기도 전에 그저 아무 말 없이 안아주었다. 순간 단 한 번도 누구를 안아주는 것을 본 적 없는 아내와 딸은 돌이 되었고, 적잖은 긴장을 하며 인사를 오던 사위역시도 놀라는 모습이 역력했다. 당시 나의 사위에 대한 포옹은 내가 할 수 있는 최고의 환영 말이었고 아주 오랫동안 가지고 있던 생각이었기에 나 스스로는 전혀 어색하거나 망설임이 없었다.

사위를 맞이하고 일여 년 만에 바깥사돈께서 세상을 뜨셨다. 멀리 조문하러 가서는 침울해 있는 사위를 그저 가만히 안아주고는 왔다. 이처럼 포옹은 우리가 할 수 있는 최고의 사랑이자 위로의 말이다.

　어린아이가 놀라면 부모는 우선 아이를 품에 안아준다. 가까운 친구가 어려운 일을 당했을 때도 우리는 친구를 안아준다. 얼마 전에 아픈 아기를 태우고 병원으로 급히 가던 승용차에 들이받힌 중년 여성이 차 문밖으로 나와 떨고 있는 가해 차량 젊은 여성을 가만히 안아주며 안심을 시키는 방송 장면을 본 적이 있다. 이처럼 포옹은 상대방의 불안하고 아픈 마음도 잠재워 주는 최선의 말 이상의 행위이다.

　한편 우리는 기쁨이 있을 때도 서로 안아준다. 고대하던 시험에 합격하면 축하한다고 안아주고, 어렵게 준비했던 공모전에 입상하면 고생했다고 안아주고, 결혼식을 치르는 자식들을 양가 부모가 덕담 대신에 안아주고, 오랫동안 헤어졌던 친구를 만나면 서로 반갑다고 안아준다. 몇십 년 헤어졌던 남북 이산가족이 만나 서로 얼싸안고 울음을 터뜨리는 것을 우리는 무수히 많이 보아왔다. 이렇듯 포옹은 기뻐 달리 말을 할 수 없을 때 표현하는 행동이자 말이기도 하다.

포옹은 남녀 간의 사랑에 있어서 제일 확실한 마음을 전달하는 언어일 것이다. 오랜만에 만나면 달려가 안고부터 시작하고, 잠시의 헤어짐에도 서로 안은 채 놓지 못하고 한참을 아쉬워한다. 하지만 서로의 감정이 식으면 포옹은 전혀 생각할 수 없는 행동이자 말이 된다. 그렇기에 세상에서 제일 하기 쉽지만, 또 제일 하기 어려운 것이 포옹일 것이다.

각자쟁이의 눈물
- 2024년도 제2회 직지콘테스트 수필부문 입선 作

흥덕사 저녁 종소리가 경내에 퍼지자 이판도 사판도 잠자리에 들었는지 다소 번잡스러웠던 하루가 적막의 세상으로 바뀌었다. 이윽고 낮 동안 경내 숲속 나뭇가지서 잠을 자던 소쩍이 가느다란 울음으로 기지개를 켜는가 싶은 그때, 절간 요사채 끝방 창호문이 삐그덕 소리를 내며 열리고는 한 사내가 밖으로 나온다.

댓돌에 내려선 사내가 정갈한 잿빛 무명 법복 차림으로 금당에 들어서려 할 때 한바탕 바람이 불어 몸을 움츠린 채 겨우 들어가, 나직하니 일촉(一燭)을 밝힌 후 관음보살 앞에 백팔배를 올린다.

계절이 몇 번 바뀌었는지 기억도 없는 시간 동안 절간에만 파묻혀 있음에도 잊어야 하고 비워야 하는 번뇌가 있음일까.

마음을 정제하고 비로소 마지막 각자(刻字)를 하기 위해 공방전각에 드니 어젯밤에 부어놓은 밀랍이 제법 알맞게 굳어있다. 다시 한번 공손하게 합장하고는 자리에 앉아 칼을 잡고 글자본의 판형틀을 만들기 시작하는데 그동안 수없이 많은 판형과 글자를 깎아 왔지만, 오늘따라 유독 칼끝이 무디다. 지금껏 그래왔듯이 별일 아닌 듯 만들어진 판형틀에 석찬스님이 정성스레 써 놓은 글자본을 뒤집어 붙이고는 늘 그렇듯 한 자 한 자 깎아 어미자를 만들기 시작한다. 오늘 마지막으로 깎는 글자에는 마음 심(心) 자가 있다. 첫째 획을 깎고 둘째 획을 깎는데 마지막 삐침에서 칼이 엇나가버리고 만다. 칼을 내려놓고는 가만히 생각한다. 무엇이 이리 마음을 어지럽히는가. 굳은살이 박인 손이라서 감각이 희미해져 엇나가는지 아니면 가을로 접어드는 계절 탓인지 알 수가 없다. 결국, 칼을 놓고는 공방전각을 나오니 스산하게 불어오는 바람에 일그러진 낙엽 하나가 발등에 와 부딪힌다.

각자쟁이의 소임을 모두 마치자 이어서 주조쟁이가 주형틀을 만들어 어미자를 넣고 불에 구워 밀랍 녹은 자리에 뜨거운 쇳물을 부어 식힌 후 글자 하나하나를 떼어내어 다듬어 놓자 석찬스님과 달잠스님이 동판틀에 백운화상의 초록(抄錄)을 조판하니 드디어 인쇄할 모든 준비가 끝이 났다. 잘 마른 닥나무 종이로 한 장 한 장 찍어내니 인쇄물에서 밝은 빛이 나고 먹 향기가 뿜어져 나오는데 이를 바라보는 모든 사람의 탄성이 온 절간에 퍼진다.

각자쟁이로서 인쇄물이 나오기까지 일조했다는 자부심과 잘못 없이 무사히 각자를 마침에 안도를 하면서 오랜 시간 동안의 고통과 수고로움이 그나마 위로를 받는 것 같아 가벼운 마음으로 아주 오랜만에 깊은 밤잠에 빠져든다. 얼마나 잤을까, 요사채 창호문에 비치는 붉은 빛에 놀라 잠을 깨니 금당 넘어가 벌겋게 빛나고 있다. 동이 트려면 아직 멀었는데, 정신을 가다듬자니 방 안으로 스며드는 종이와 나무 타는 냄새에 정신이 번쩍 들어 문을 박차고 나가니 공방전각이 시뻘건 불길에 휩싸여 있다.

순간 말문이 막혀버려 말도 나오지 않고 몸조차 굳어버렸지만 겨우 정신을 차리고 달려가니 이미 불길이 온 공방전각을 휘감고 있고 지옥불보다 더 뜨거운 열기가 온몸을 휩싸지만 어떻게 해서든 자식과도 같은 활자들을 구해야 하기에 앞뒤 가릴 새 없이 불길에 뛰어든다. 그러나 이미 절정의 불은 전각의 들보와 서까래를 태우고 있고 보관 중인 활자틀과 활자들도 대부분 녹여버렸다.

얼마나 지났을까 누군가에 의해 화염 속에서 꺼내어져 밖으로 내동댕이쳐져 바닥에 엎어져서는 더 이상 아무것도 할 수가 없음에 그저 울부짖으며 괴로움에 몸부림만 친다. 얼마나 많은 고통스러운 날들을 견디며 그 수많은 글자를 깎고 또 깎았는데, 이제 비로소 빛이 나고 향기가 나는 '직지심체요절'로 만들어지기 시작했는데⋯⋯, 땀과 눈물이 배어있는 공방전각도 그 오랜 시간의 노고가 스며있던 금속활자와 조판틀도 모두가 불타버린 검은 잿더미 앞에서 하염없이 눈물만 흘린다. 그때다 시커멓게 그을린 얼굴과 가슴 속에 후드득 빗방울이 떨어진다. 꿈이었다.

청주 흥덕사 옛터를 돌아보고는 금당 앞 햇볕 좋은 돌계단에 앉아 졸음에 겨워한 잠시 사이에 한줄기 소낙비가 흩뿌리고 갔는지 얼굴이 축축하다. 그 오래전 세계적 문화유산을 만들어 주어 이 시대를 살아가는 후손들이 자긍심을 갖도록 해준 우리 선조들의 얼이 서려 있는 흥덕사 옛터에서 비록 순간의 꿈속에서였지만 금속활자를 만들었던 사람들을 만나고 그들의 열정과 고통을 보았다는 것이 정말 고마웠지만, 한편으로는 많이 아팠다.

꿈이었다는 것이 다행스러워 긴 숨을 내쉰다. 그리고는 잠시 꿈속에서 있었던 일들을 생각해 본다. 우리는 금속활자로 인쇄

된 '직지'에 대해서 그것이 '세계 최초 금속활자 인쇄술이다'라고 자랑스러워하면서도 정작 그것을 생각해 내고 만든 이들에 대한 노고에 대해 얼마나 생각하고 존경스러워하는지. 그리하여 정성스럽게 글자본을 썼을 스님부터 밀랍으로 글자를 깎았을 각자장인과 쇳물을 녹여 금속활자를 만들었을 주조장인, 그리고 만들어진 금속활자로 조판을 짜고 종이로 인쇄하여 책으로 엮어냈을 이름 모를 수많은 사람이 한 글자 한 글자 정성스럽게 만들었을 생각을 하면 존경스러움에 마음이 숙연해진다.

이전까지는 세상에 존재하지 않았던 금속활자 인쇄 기술을 생각해 내고 또 그것을 만들어 내기 위해 많은 장인이 흘렸을 땀과 피와 눈물이 모여 세계기록유산 '직지'가 세상에 나왔을 것이다. 더구나 그 존경받아 마땅한 일들이 여기 청주에서 청주인들에 의해 이루어졌다는 것에 무한한 자부심을 가져도 좋으리라.

동네 미용실의 사람들

 도시 변두리 구시가지에 있는 작은 동네 미용실 안에는 늘 서너 명의 나이 든 여인들이 모여있다. 설핏 보면 파마를 하러 온 아줌마들이겠거니 하지만 그들의 머리에는 파마하기 위한 롯드를 동여맨 모습도 또 염색하기 위한 어깨보를 걸치거나 머리에 캡을 쓰고 있는 모습도 아닌 멀쩡한 모습으로 있는 것이 결코 그들은 머리를 매만지기 위해 미용실에 앉아있는 게 아니다.

 언제나처럼 머리를 깎으러 들어가면 그들은 흡사 전깃줄에 나란히 앉아있는 참새들처럼 폭 좁은 소파에서 접혀있던 허리를 곧추세우고는 미용실 안으로 들어오는 사람을 위아래로 휭하니 훑어보기 시작하고는 이내 열을 올리고 있던 대화로 되돌아가 참으로 수다스럽게도 떠들어대기 시작한다.

　미용실 의자에 앉아있자면 들으려 하지 않아도 자연스레 그
들의 대화를 듣게 되니 어느 댁 며느리는 참 고약하고 또 어느
댁 남편은 지지리도 궁상맞은 사람이란 걸 알게 된다. 그러나
그들의 대화를 듣고 있자면 누구도 자신의 며느리나 남편에 관
한 이야기가 아닌 주변 누군가의 친구 내지는 누군가의 친척이
그렇다 하는 것인데 참으로 용하기도 하지 어찌 자기 일도 아닌
일을 그리도 상세하게 알고 있는지 또 왜 그리 감정에 매몰되어
열변을 토하는지 알다가도 모를 일이다.
　매번 이야기하는 대상은 다른 사람인 것 같은데 화자가 표현
하는 감정은 언제나 들어도 똑같다.

　머리를 매만지는 미용실 주인의 손길이 자주자주 끊긴다. 가
끔은 머리칼을 커트하던 가위를 바닥에 떨어뜨리기도 한다. 소
파에 앉아 소위 다른 집 사건에 대해 서로 열변을 토하면서 손
님의 머리칼을 다듬고 있는 미용실 주인에게도 자신들의 열변
에 응답하기를 또 동의해 주기를 요구하기에 미용실 주인의 손
과 귀 그리고 눈이 따로 놀기 때문이다. 하여 손님은 자신의 머
리가 제대로 되어가는지 늘 좌불안석일 수밖에 없고 결과는 생

각했던 대로 여기저기 쥐 파먹은 머리가 되고는 한다.

어스름 저녁때 시간이 되어가면 그들은 하나둘 앉아있던 소
파에서 일어나며 집에 아들네가 오기로 한 시간이 됐다든가 또
는 남편이 올 시간이 되어 저녁 준비를 해야 한다든가 하는 사
유를 대면서 미용실 주인에게 오늘 하루의 작별 인사를 하고는
미용실을 나선다. 그들이 모두 나간 미용실 안은 갑자기 절간이
되어 가위소리만 재깍재깍 날 뿐이다.

"이제 좀 조용해졌네요. 늘 보면 아줌마들이 미용실에 와서는
있는데 원래 그런 건가요?"

"나이 먹은 여자들이 딱히 할 것도 없으니 갈 곳이 없는 게 당
연하지요."

그 말을 듣고 있자니 통유리창 건너로 보이는 커피자판기 앞
의 나이가 든 남자들에게 괜히 시선이 향한다.

미용실 앞 이웃 건물 추녀 아래에는 찌그러지고 녹슨 양철 판
자를 머리에 이고 있는 커피자판기가 물고기 비늘처럼 군데군
데 들떠 일어난 회색스타코 건물 벽에 비스듬하게 서 있다.

그곳에는 몇몇 나이 든 늙은 남자들이 다 식은 종이 커피잔을
들고는 두어 명은 다리 짧은 나무 의자에 걸터앉고 또 두어 명

은 짝다리를 집고는 돌아가는 시국에 대해 나름의 토론에 진심이다.

보는 사람들은 그들이 왜 맨날 저러고 있을까 싶지만, 그들이라고 저리하고 싶어 그러겠는가. 나이 들어 오갈 데도 없고 또 수중에 돈도 없으니 딱히 할 일도 없을 것이고 그러니 저렇게라도 해서 하루를 보내는 것일 거다. 그리고 저 사람들 살았던 시절은 다 똑같아서 소싯적에는 누구라도 할 것 없이 못 먹고 살던 시기였고 젊어서는 죽어라. 일만 할 줄 알았지, 지금처럼 노후 준비라는 생각이나 하고 살 수 있던 세대가 아니었다.

설령 어지간히 노후 준비라 해놓았다 해도 자식새끼들이 손 벌리면 또 그것을 못 본채 넘길 수도 없으니 그나마 가지고 있던 재산 전부 주고 나서는 늙어 빈털터리가 되는 거 아니었겠나 싶은데, 가만히 생각해 보니 괜히 씁쓸해지는 마음이다.

"그나저나 요즘 자판기 커피값은 얼마인가? 예전에는 한 잔에 백 원으로 먹었는데 지금은 오백 원쯤 하려나?"

"글쎄요 저도 한 번도 뽑아 먹은 적이 없어서, 궁금하시면 한 번 뽑아 드셔보세요."

미용실 주인과 손님의 대화가 매번 말의 토씨만 조금 다를 뿐 늘 같은 말을 주고받는 사이 머리 손질이 끝나자 손님은 단지

커피값이 궁금하다며 자판기 앞으로 걸어가서는 둘러서 있는
노인들 사이로 들어가고 그 모습을 미용실 안의 주인이 옅은 미
소를 지으며 바라보고 있다.

장인, 장모님의 늙어 변한 모습

내게는 구순의 장인, 장모님이 계신다. 정확히는 그분들은 내아내의 부모가 아닌 어릴 적 동무의 부모님이시다. 그런 그분들이 어쩌다 보니 나를 사위로 인정하기에 이르렀고 나 역시 오래전부터 장인, 장모로 여기며 지내오고 있다.

몇 해 전 당신들의 딸과 사위가 모두 저세상으로 가버렸고, 이제는 나의 아내마저도 시골집에 계신 그분들을 찾지 않는다.

가을이 깊어져 갈 즈음 장인, 장모님을 찾아뵈러 시골집을 찾았다. 주워 온 산 밤을 평상에 널고 있던 장모님이 사립문을 제치고 안마당으로 들어서는 사위를 보자 굽혀진 허리를 앓는 소리 내며 간신히 펴시고는 어인 일인가 하는 표정으로 "기별도 없이 어쩐 일로…. 애들은 다 잘 있고?" 하신다.

"언제는 기별하고 왔나요. 잘 지내셨지요? 장인어른은 어디 가셨어요?" 하니, 장모님은 대답 대신 안방을 향해 "사위 왔어요!"라고 소리치지만, 안방에서는 아무 기척이 없다. 그러자 장모님은 영감이 이젠 늙어서 잘 듣지도 못한다며 혼자 말로 구시렁대며 재차 소리치려는 것을 말리고는 성큼 마루에 올라 안방문을 열어젖히니 침대 모서리에 걸터앉아 텔레비전 화면에 빠져있던 장인이 흠칫 놀라 엉거주춤하니 일어서며 "어서 오게, 다 무고하고?"라며 반갑게 사위를 맞이한다.

"아니 왜 회관에 안 가시고 집에 계셔요?"라고 하자, "나 이제 회관에 안 가네, 나오는 사람이 없어, 다들 죽었어. 지난여름이 무던히도 더웠잖는가, 못 버티고들 간 거지." 휘청이는 몸으로 안방 문지방을 넘어서며 탄식 비슷하게 말하는 장인의 모습이 사위는 꽤나 낯설게 느껴진다. 처음 뵈었을 때의 기골이 장대하고 목소리에 힘이 들어있던 그런 모습은 이제 어디에서도 보이지 않고 그저 앙상한 뼈대에 가죽만 걸쳐진 게 마당에 매어놓은 빨랫줄을 받치는 비쩍 마른 바지랑대와 같다.

"아픈 데는 없으시고요?" 서울에서 사 간 장수막걸리 병을 이리저리 흔들며 장인에게 식탁으로 오셔서 막걸리 한잔하시라는 눈짓을 한다.

"괜찮여, 자네도 두루 별일 없는가? 매번 이리 찾아주어 고맙네."

"뭘 그런 말씀을…. 이리 앉으셔요." 식탁 의자를 빼서 장인이 앉을 수 있도록 공간을 만들려는데 장인의 힘없는 말이 이어진다. "나 이제 술 안 마시네." 하신다. "네? 왜요? 병원에서 드시지 말라 해요?" 내가 놀라서 말하자 "아녀, 이젠 술 마시면 머리가 아파."라고 하시는데 눈길은 식탁 위 노란 양재기에 가자, 이내 머리를 돌려 안마당의 장모님에게 사위 술안주 챙겨주라 하고는 어렵사리 댓돌에 내려서서 부엌 문지방에 걸쳐있던 부지깽이와도 같은 지팡이의 부축을 받으며 힘겹게 봉당으로 내려서고 있다.

순간 막걸리병을 이리저리 흔들어 대던 손 움직임이 멈추자 손끝에서 대롱대던 막걸리병이 시계추 마냥 제 혼자 흔들거리고 무엇인가에 한 대 얻어맞은 듯한 나는 서둘러 뚜껑을 열려던 막걸리병을 식탁 위에 올려놓고는 장인을 따라 안마당으로 내려가 장모가 널고 있던 밤 소쿠리를 뺏고는 "원 어디 밤 널다가 해가 지겠어요. 밥 먹으러 가게 어여 옷이나 입고 나오셔요."라고 장모에게 지청구를 한다.

장모님은 사위가 오면 꼭 장터로 소고기를 드시러 가자 하신다. 시골에서 구순의 두 노인이 뭘 제대로 해서 드시지도 못하기에 그렇기도 하겠지만, 속내는 남들에게 내 사위가 소고기 사주러 왔다네 라고 동네에 자랑하고 싶으신 것이라는 생각이 더 드는 게 솔직한 맘이다.

장인, 장모님을 차로 모시고 고깃집 앞에 다다르니 두 노인이 차에서 선뜻 내리지를 못하시기에 부축하려 장모님의 팔을 잡았는데, 순간 나는 뼈만 앙상하게 남은 팔의 느낌에 그만 부스러질 것만 같아 당혹감을 감출 수가 없었다.

"젤 부드러운 살치살과 치마살로 주문했으니 많이 드셔요."

장인, 장모님은 고기 한 점을 입 안에 넣고는 그저 오물오물 한세월, 드시는 것도 지난봄과는 확연히 다르게 늙으셨다. 그러고는 입에 들어가자마자 넘겨버리는 사위 모습을 보고는 구워진 고기를 슬쩍 내 앞으로 밀어 놓으신다.

"저는 많이 먹으니까 두 분이나 좀 많이 좀 드셔요. 사람이 못 먹어서 죽는 건데, 그리 못 드시면 어쩌시려구……."

두 분의 얼굴에 깊게 패인 주름은 그 깊이를 가늠할 수 없을 정도로 깊어졌고 덕분에 두 눈은 저 멀리 백 리는 꺼져 있는 듯 보이고, 곱게 빗질하여 쪽지어 올렸던 장모님의 머리는 이제 백발 몇 올 남지 않아 화덕 위 송풍 바람에도 이리저리 날린다.

식사를 마치면 두 분은 꼭 남한강변을 한 바퀴 돌아오자고 하신다. 사위가 오기 전에는 언감 바깥나들이는 생각조차 할 수 없기에 그렇기도 하겠지만 젊어서 힘들게 일구어 오던 논밭들을 둘러보고 싶으신 게다.

언제나처럼 장인, 장모님은 햇볕 좋은 강변 자락에 차를 멈추게 하시고는 잠시 차에서 내려 두 분이 땀을 쏟았던 그곳의 둑길을 나란히 걷는데, 그 모습이 마치 쇠잔한 백로 한 쌍이 마지막 걸음을 하는 듯하다.

추석 전날 괴산 버스터미널의 노부부

    능이버섯 나올 때가 되어 버섯으로 유명한 괴산 청천장에 들르니 추석 전날이라 그런지 꽤나 번잡스러웠다. 떡방앗간에서는 푸른 솔잎을 덕지덕지 붙인 송편이 채반에 담겨 하얀 김을 모락모락 피워내고 있고, 올갱이 해장국집에는 장에 따라 나온 남정네들이 모여앉아 탁배기 한 사발씩을 들이켜고 있다. 장터 길 양옆으로 온갖 버섯들로 가득했으나 진열된 능이버섯을 보니 상태가 예년에 못 하고 가격만 높게 쓰여 있기에 주저주저하니 상인이 밝지 않은 얼굴로 응대를 하는데 올해는 유난히 비도 많이 오고 또 장마 기간도 길어서 버섯의 상태가 좋지도 않을뿐더러 소출도 적어 가격만 오르니 사려는 사람들이 많지 않다는 것이라 하며 한시름 한다.

작은 버섯몽치들로 양을 맞춘 한 상자를 사들고는 버스터미
널 앞을 지나치려는데 왠지 뒷덜미가 켕기는 느낌에 뒤돌아보
니 허름한 차림의 노부부가 터미널 입구 계단에 앉아있는데 그
냥 지나치기 뭐해서 가볍게 눈인사를 하니 빙긋이 웃어 주신다.
마침 점심때도 되었고 또 혼자 밥을 사 먹기도 뭐해서 노부부에
같이 식사하기를 청하니 괜찮다고만 하신다.

"제가 혼자 밥 사 먹기 그래서 그러니 같이 식사하시지요?"

여러 번 청하여 마지못해 같이 해장국집으로 들어가 앉으니
바깥 어르신은 옆 테이블에서 왁자지껄 떠들어대며 막걸리를
마시는 모습을 물끄러미 보시기에 얼른 냉장고에 가서 괴산막
걸리 한 병을 꺼내와서는 테이블 위에 엎어져 있는 노란 양은
막걸릿잔에 가득 따라 드리니 게눈 감추듯 마셔버리신다. 이어
나온 해장국은 한술 뜨시지도 않고 연신 막걸리만 드시니 옆에
앉은 할머니가 민구스러운지 영감을 지청구한다.

"할머니 괜찮아요. 그리고 어르신 천천히 드셔요. 해장국도
뜨시할 때 한술 뜨시고요."

말을 건네고는 다시 냉장고에서 막걸리 한 병을 더 꺼내오니
어르신께서 그제야 해장국에 숟가락을 담그신다.

"장 보러 나오신 거 아니었어요? 왜 아무것도 안 사셨어요?"

"우리야 뭐 장 볼 일이 있나유, 죄다 집에 있는걸."

"그럼 왜 터미널 앞에 앉아 계셨대? 요새 누가 버스 타고 내려 오나 다들 자가용 타고 오지."

"아녀유, 전에 우리 아들네는 서울에서 차 막혀서 힘들다고 명 절 때 버스 타고 왔어유."

"아 그렇겠네요, 하긴 서울에서 여기 오려면 제일 길 막히는 구간이니 버스전용차로 타고 내려오는 버스가 시간도 빠르고 편하겠네요."

그때 할머니의 윗옷 주머니에서 핸드폰 벨 소리가 들리더니 어느샌가 만면에 웃음을 지으며 전화를 받으신다.

"창규니? 응, 응, 어디? 하와이? 애들하고 다 같이? 응, 응, 응……."

바깥 어르신도 들고 있던 밥숟가락을 내동댕이치듯 내려놓고 는 할머니의 통화에 귀를 쫑긋하시지만, 할머니의 통화는 말없 이 끝이 난다.

"왜 애들 도착했대? 어여 일어나라구, 터미널에서 기다리겠 네."

몇 술 뜨시던 숟가락을 힘없이 내려놓으시길래 댁까지 모셔 다드리겠다고 했지만, 한사코 손사래를 치시고는 밥 잘 먹었다

고, 다음에 청천장에 오거든 꼭 화양계곡 안에 있는 자신들의
집으로 찾아오라 하시고는 걸음을 옮기신다.

작은 섬

나는 예쁜 모습을 가지고 있지도 못하고 그렇다고 이름이 널리 알려진 것도 아니다. 또한, 남들 다 가지고 있는 그 흔한 둘레길이나 출렁다리와 같은 내세울 만한 것도 하나도 갖고 있지를 못하다.

그저 저 멀리 남쪽 끝에 조그마하게 터를 잡고 있을 뿐이다. 이웃에 내 이름과 똑같은 친구가 있는데 그가 대통령 별장을 가지고 있어 종종 나를 잘못 찾아와 낭패를 겪는 사람들이 있을 뿐 굳이 나를 찾아오는 이도 그리 없어 사람들은 언제나 나보고 쓸쓸하겠다 한다.

그러나 나는 그리 쓸쓸하지 않다. 내 이웃으로는 독수리 5형제라 불리는 형과 아우가 있다. 거기서 나는 넷째이다. 첫째인 학림이는 비쩍 말랐지만, 키가 장대같이 커서 허리가 약간 굽었지만 작은 모래사장도 있고 또 뻘도 있어서 가끔 바지락도 캐내 내가 좋아하는 바지락칼국수를 끓여 먹을 수도 있다. 둘째인 연대는 에코아일랜드 사업으로 좀 유명해지기는 했는데 작은 해수욕장 하나 가지고 있는 것 말고는 그리 내세울 것도 없다. 셋째인 만지는 둘째와 손을 맞잡고 있으며 아침 해물라면 맛으로 유명한데 나도 먹으러 갔지만 비싸서 먹지 못하고 돌아섰는데 내내 아쉬운 마음이다. 둘째와 셋째는 몇 년 전에 출렁다리로 연결되어 있어 편하게 이웃 마을을 다닐 수 있게 되었고 그 때 문인지 도시에서 찾는 사람들이 꽤 많아졌다.

넷째인 나는 솔직히 무엇하나 딱히 내세울 게 없다. 그저 낚시꾼들이 좋아하는 갯바위 개다리 포인트 하나와 바다 한가운데 떠 있는 유어낚시터가 그나마 자랑할 만하다. 남들은 석양 노을이 아름다운 곳이라고들 하는데 노을이야 어디서 보든 비슷한 거 아닐까 싶다. 가끔 문어 잡으러 나를 찾아오는 사람들이 있고 계절에 따라 볼락, 고등어, 전갱이, 갈치 등이 푸짐하게 잡혀 사람들을 즐겁게 해주고는 한다.

나를 찾아오려면 저 멀리 통영에서도 미륵도 남쪽 끝 달아항에서 하루에 네 번 다니는 철부선을 타야 올 수 있다. 차는 굳이 가져올 필요가 없다. 왜냐면 차가 다닐만한 길도 없고 걸어서 십여 분이면 어디든 다 가볼 수 있다. 해서 언제나 매연 없이 깨끗한 공기로 사는 게 좋고 또 차 소리도 없어 조용한데 밤이면 가끔 길고양이들의 영역쟁탈전으로 약간의 적막을 깨는 것 말고는 풀벌레 소리만이 들릴 뿐이다.

예전에는 종이를 만드는 소재였던 닥나무가 많아서 내 이름을 지었다고 하는데 지금은 그 어디에도 닥나무는 한 그루도 없다. 그리고 철부선으로 나를 찾아다니는 게 불편하다고들 해서 뭍하고 연결하려 했었는데, 내 주변 바다가 너무 깊어서 포기했다는 거 같다고 철부선 선장이 말해 주었다. 솔직히 나는 잘되었다고 생각한다. 조용히 살고 싶은데 뭍하고 연결되고 나면 꽤나 많은 사람이 나를 찾아올 텐데 나는 그런 번잡함이 싫다.

나는 그나마 바다 양식장을 가지고 있다. 거기서 참돔, 우럭 등을 키워낸다. 그래서인지 주변 바다에서는 꽤나 큰 생선들이 낚시에 잡힌다. 아마 양식장에서 주는 먹이가 흘러나가 고기들을 유인하는 게 아닐까 싶다.

내 이웃 주민들은 대부분 노인인데 다행히 이장과 청년회장이 그나마 젊어서 나의 이곳저곳을 꾸미려 애쓰고 있다. 길옆으로는 아름다운 꽃밭을 조성하고 또 산꼭대기에는 전망대를 만들어지는 노을을 잘 볼 수 있게 만들어 놓았다. 그리고 먼 곳에서 나를 찾아오는 사람들을 위해 마을 펜션을 지어 깨끗하게 나를 만나고 갈 수 있도록 애쓰고 있다.

마지막으로 나를 꽤나 좋아하는 사람이 있다. 듣기로는 그는 몇 년 후 은퇴하고는 내려와서 나하고 살겠다고 마을 한가운데에 집터를 사 놓았다고 들었다. 글쎄 내려와서 사는 게 평생의 꿈이라고 하는데 꽤나 꿈에 부풀어 있다고 들었다. 그래서인지 그는 일 년에 두세 번은 꼭 나를 찾아온다. 어떤 날은 그저 잠깐 왔다가 가기도 하고 어떤 날은 며칠 묵으면서 낚시로 고기 잡아 소주 한잔하고 가는 것 같았다.

그는 여기 내려와 나하고 살면서 쓰고 싶은 글 맘껏 쓰고 싶다고 한다.
나도 그가 언능 내려와 같이 살기를 고대하며, 나는 통영의 섬 속의 작은 섬 저도다.

애국자

　요즘 들어 임신한 젊은 여인을 보면 예전에는 '임신부로구나'
라고 무심히 생각했던 것이 이제는 의식하지 않아도 '애국자'라
는 생각으로 바뀌었다. 우리나라가 세계 최저의 출산율이라고
하는 온갖 매스컴의 반복적인 외침에 나 자신도 모르게 머리에
각인되었는가 보다.

　적정한 출산율은 한 국가가 유지 존속하는데 매우 큰 기본이
된다. 국방이 유지되어야 하고 산업이 지속할 수 있어야 하며
사회복지 시스템이 적절하게 운용되어야 하기 때문이다. 그러
나 어느 한 개인의 입장에 볼 때는 국가적 우려는 그리 피부에
와닿게 인식되지 아니할 것이다. 현재의 우리 사회에서 아이를

낳고 양육해야 하는데 소요되는 경제적 비용과 자기 자신의 사회적 기회 상실 등에 있어 이를 상쇄할 만한 서비스가 제공되지 아니한다고 생각하고 있기에 출산율은 점차 더 심각하게 낮아지리라는 예측이다. 더구나 개인의 삶을 중시하는 인식의 변화는 앞으로도 출산율이 크게 개선되기에는 어려운 요인일 것이다. 다행히 이러한 위기의식에 많은 국민이 인식을 같이하여 예전보다는 국가는 물론 각 지방자치단체에서 훨씬 다양하고 내실 있는 출산과 육아정책을 펴고 있고 또 임신부에 대한 사회적 존중도 매우 높아졌음을 주변을 통해 느낄 수 있다. 이제는 정책을 추진하는데 있어 다자녀의 기준까지도 기존의 세 자녀 이상에서 두 자녀 이상으로 바뀌었음이 사회 인식이 바뀌고 있음을 대변한다고 볼 수 있을 것이다.

나는 대표적인 베이비부머 세대로서 네 명의 형제자매를 가지고 있고 동시대의 사람들 대부분 그러하다. 한국전쟁으로 모든 산업이 무너지고 오로지 노동력에만 의지해야만 했던 시대에서, 많은 인구는 우리나라를 부흥하는데 큰 역할을 했을 것이다. 그러나 높은 출산율로 인한 인구의 증가는 전쟁 후 황폐해진 산업에 일자리는 없는데 인구는 늘어나 국가 경제에 부담으로 작용하기도 했기에 한때는 산아제한 정책을 펴기도 했었다. 당시 출산율이 높았던 데에는 여러 가지의 이유가 있었을 것이다. 노동 집약적 사회에서, 많은 노동력이 필요도 했을테고, 또 열악한 보건환경으로 유아 생존율이 낮아서였기도 했을 것이다. 또한, 무시하지 못하는 이유로 대가족 사회에서 유교적 사상으로 씨족의 유지가 어쩌면 제일 큰 이유가 되었을지도 모른다.

나는 딸과 아들 각 한 명씩을 두었기에 최소한의 기본은 지킨 셈이다. 물론 나 자신이 국가에 최소한의 기여를 하고자 한 것은 절대 아니다. 당시 사회적으로 자연스레 형성된 공감대와 경제력 등 현실적인 문제들에 의해 이루어진 것이다.

첫째로 딸이 태어났을 때까지만 해도 작명을 하는 데 크게 고민하지 않았다. 건강하게 자라 달라는 의미로 순우리말로 지었다. 그러나 둘째로 아들이 태어났을 때는 작명을 위해 족보를 뒤졌고 내친김에 손자와 그 이후의 자손들 항렬자까지 파악할 때 말로는 표현하기 어려운 감개무량함이 있었다. 그러나 아들이 혼인하고도 수년이 지나도록 아이를 낳을 기미조차 보이지 않기에 조금은 의아한 마음에 아내에게 넌지시 물으니 아들 내외는 아이를 갖지 않겠다 했단다. 밖으로 표현하지는 못했지만 큰 실망감을 가질 수밖에 없었다. 예전 같으면 '내 죽어 조상님 얼굴을 무슨 낯으로 뵐까'라고 하고도 남았을 텐데 말이다. 그러나 시대가 그리 변했고 또 현실적인 문제들에 대해 뚜렷하게 해결책도 없는 마당에 그러지 않기를 바라는 것도 못 할 일이기는 하다는 생각이다. 다행이라고 해야 할까 딸 내외가 예쁜 손녀를 안겨주어 손주에 대한 갈망은 그리 크지 않지만, 내 개인이 아닌 국가를 생각할 때는 아쉬운 마음이 큰 것이 사실이다.

요즘 젊은 세대의 주장처럼 나 자신의 삶을 버려가면서까지 아이를 가질 생각이 없다고 하며 그저 현재로서의 내 삶을 가질 것이라는 의견에는 꼭 이 말을 해주고 싶다. '자녀가 있으므로 해서 얻는 행복은 다른 무엇과도 비교될 수 없는 것이다'라고 말이다.

오늘도 퇴근 시간에 젊은 애국자를 만났다. 배불뚝이가 돼서 조금은 뒤뚱거리며 걷는 모습이 그리도 아름답고 사랑스러워 보일 수가 없었다.

헤어지는 부부들

가정법원의 오전 로비는 간혹 큰 소리도 들리지만 대체로 무거운 침묵만이 흐른다. 법원이라는 기관을 우리가 살면서 가야할 일이 뭐 얼마나 있으랴. 하지만 그 얼마 안 될 것 같은 일이 매일같이 일어나는 게 현실이다.

법정 개정 시간이 되어가자 어느 한구석에서 약간의 소란이 있었지만 이내, 마치 장례식장 같은 로비의 분위기에 묻혀 잠잠해진다. 다들 같은 이유로 와있건만 무엇이 그리 멋쩍고 불편스러운지 그저 창밖을 내다보거나 초점 없이 바닥을 응시하는 사람들뿐이다. 부부로 맺어져 짧게는 몇 달 만에 또는 길게는 몇십 년을 살다 서로가 남이 되고자 법의 승낙을 받으려 하는 모습이 자못 안쓰러운 모습들이다.

　남녀가 만나 서로 사랑을 하고 한 가정을 이루기 위하여 화려한 샹데리아가 반짝이는 궁전 같은 식장에서, 많은 이들의 축하를 받으며 혼인선서를 하고 백년가약을 맺었건만 그 약속은 어디로 갔는지 그저 이제는 빨리 요식행위가 끝나기만을 기다리는 것이 보고 있는 사람조차도 여간 불편한 게 아니다.

　법정이 열리고 판사가 당사자들의 의사를 확인하는 짧고 간단한 절차가 끝나면 이내 법적인 부부관계를 해소하는 절차가 마무리된다. 참으로 허무하기 이를 데 없는 관계가 부부인지도 모르겠다.

　다행인지 법정 한편에서는 이혼신청자에 대한 조정절차를 시도하는 경우가 있다. 서로 화해될 수 있는 일말의 여지가 있는 당사자들을 사전에 별도로 분리하여 조정위를 거쳐 화해 권고하는 절차이다. 조정위에서는 부부의 맺힌 이야기를 들어주고 서로에 대한 문제들에 대해 제삼자적 위치에 있는 조정위원들이 의견을 냄으로써 이혼을 막는 절차이다. 아무리 오랜 기간 살아온 부부라 해도 서로가 갖는 오해와 불신은 당사자들이 해결하지 못하는 경우가 많다. 그리하여 이러한 조정위를 통해 부부 당사자들이 생각하지 못했던 것들을 풀어줌으로써 부부로서의 관계를 지속시킬 수 있게 한다.

그들은 왜 헤어지는 걸까?

저마다의 사정이 다 있지 않겠냐만 조금 더 이해하고 양보하고 좀 더 존중하고 애틋하게 하면 안 될까? 하기야 그것을 알았더라면 굳이 법원으로 오지도 않았을 것이겠지만 현실은 그 모든 것을 휴짓조각처럼 인식하게 한다. 이해와 양보와 존중은 상대가 하여야 한다고 생각하기에 부부에게 엉킨 실타래가 생겨도 이를 풀어나갈 의지가 없는 것이다. 따라서 부부로서 맺어진 처음의 약속, 의지, 희망 등을 모두 허공에 날려버린다.

헤어지는 대표적인 사유는 성격 차이지만 이에는 여러 의미가 함축되어 있을 것이다. 처음 가졌던 마음이 변해 새로운 사랑과 인연을 찾아서 일 수도 있고, 말 그대로 서로의 생각을 이해하지 못하는 경우 일 것이다. 부부는 갈라서는 순간 남남이 된다. 그리하여 부부관계의 형성과 함께 이루어진 수많은 관계 역시도 전혀 새로운 환경 속으로 몰아넣게 된다. 이러한 어려움을 감수하고도 부부가 헤어져야만 하는 데는 그들 나름의 이유가 있지 않을까 싶다.

부부가 헤어지는 것을 어찌 생각해야 할까?

예전에는 배우자의 얼굴도 모르고 혼인을 했지만 살면서 서로 헤어졌다는 말을 들은 적은 별로 없는 것 같다. 그때는 아마도 현실에 순응하였던 것이 아니었을까. 현대의 사회에서 현실에 순응한다는 것이 꼭 미덕이 아닐 수도 있다. 각자의 삶이 중요시되고 맞지 않는 삶을 버리고 새로운 삶을 찾는 것이 옳을 수도 있는 것이다.

사랑이 어떻게 변하나 싶지만, 그 사랑도 내가 나로서 존재할 때 유지되는 것 아닌가 싶다. 따라서 부부간에 어느 일방이 희생하는 그런 사랑은 이제 무용하지 않을까. 더구나 현대는 우리보다는 내가 더 중요시되는 사회가 되었다. 그래서일까 현재의 이혼율이 절반에 이르렀다 한다.

이혼이 좋고 나쁘고의 문제는 아닌 것이다. 부부가 미처 알지 못했던 치유되지 않는 결함을 가지고 일생을 살 수는 없을 것이다. 헤어짐으로써 각자의 이상에 맞는 생을 살 수도 있을 것이고 또 한편으로는 배우자에 대한 배려일 수도 있을 것이다. 작금에는 황혼이혼도 상당수 있다 한다. 유교적인 관습에 의해 억눌렸던 삶이 사회의 변화에 따라 자신의 삶을 찾으려는 변화일 수도 있다. 이제는 그저 참고 사는 것만이 또 순응하는 것만이 미덕인 시대는 아닌 것이다.

다소 소란스러웠던 법정 문이 닫히고 또다시 무거운 침묵만이 흐르면 무엇인가에 체한 듯 답답한 마음이다.

계곡물에 발을 담그고

처서가 지났건만 한 번 덥히어진 날씨는 식을 줄을 모른다. 처음으로 문학회 야외행사에 참여하여 오후 일정으로 속리산 세조길 걷기에 나선 길, 주차장에 내려서자 보도블록에서 올라오는 열기는 잘 달구어진 부뚜막 위에 서 있는 듯싶게 온몸을 타고 퍼져나가 걷지도 않았건만 이미 몸은 땀으로 범벅이다.

법주사를 향해 달천을 따라 올라가는 길에는 수십 길 장송이 서 있는데 그 당당함에 그만 넋을 놓아버리기 일쑤다. 하나하나의 장송을 바라보며 그 옛날 궁궐이며 사대부가의 대들보가 되기 위해 베어졌음을 생각하니 마음 한편이 아려온다. 수십 년 내지는 수백 년을 한 자리를 지키며 오직 살아온 것밖에는 없건만 그저 쓸모가 있게 생겼다는 것으로 자연이 부여한 삶을 다하지 못함이 아프지 않았을까 싶다. 혹자들은 그럴 것이다. 나무가 쓰임새가 있기에 가치가 있다고 말이다. 그러나 그것은 어디까지나 인간의 시점으로 바라본 주장일뿐 그 나무는 부여된 생을 다하지 못하고 마는 것이지 않을까. 그렇기에 쓰임새가 있는 사람과는 다르지 않나 싶다. 사람은 쓰임새가 있다 해서 생명을 취하지는 않기에 드는 생각이다.

여러 회원과 앞서거니 뒤서거니 걷는 길에 보이는 바위 틈바구니와 같은 극한의 조건에서도 잎을 펼치고 꽃을 피워내며 삶을 살아가는 소나무를 비롯한 초목들이 참으로 대단하다는 생각을 나누며 걷다 보니 어느새 법주사를 지나 목욕소에 당도한다.

잠시 숨을 고르고는 이내 다시 걷기 시작하여 세심정을 지나도 그다지 힘들다는 생각은 하지 않았기에 별생각 없이 복천암을 향해 걷는데 동행하신 노교수님께서 조금씩 뒤처지기 시작하시며 무심한 듯 한마디 하신다. "쳇, 지들 생각만 하네." 무더운 날씨에 긴 시간을 걷는 팔순의 교수님 생각은 못 했던 게 순간 민구스러워졌다. 슬그머니 걷는 속도를 늦추어도 결국 교수님과 몇 명은 대열에서 이탈한다. 대열이 그렇게 앞뒤로 분리되어 걷는 게 무슨 의미인가 싶어 선두에 걷던 회원들도 걸음을 멈추고 모두 계곡의 바위에 걸터앉아서는 계곡물에 발을 담그며 탄성을 내지른다.

주뼛거림도 잠시 나 역시 바지를 걷어 올리고는 발은 담그니 시원함이 말로 표현하기 어렵다. 내친김에 바짓단을 허벅지까지 올리고는 계곡에 첨벙첨벙 들어가니 시원함과 함께 그동안의 피로가 일순 가시는 듯싶은 것이 예전 세조 임금님이 피부병을 고치려 이곳 계곡물에 몸을 담갔다는 이야기가 헛말이 아니었겠다는 생각이다. 젊은 여성회원이 첨벙첨벙 물장구를 친다. 체면 불고 따라 해 본다. 계곡물에 발을 담가 본 게 근 삼십여 년은 더 된 듯싶다. 이까짓게 뭐라고, 그리고 보니 그동안 참 고단하게 살아온 날들이지 않나 싶은 생각이다.

계곡물은 바닥의 작은 모래 알갱이들이 모두 비추어지도록 맑고, 발바닥에 밟히는 모래의 느낌은 마치 바닷가 모래사장을 밟고 있는 듯하여 젊은 시절의 바닷가에서의 한때가 생각난다. 조심스레 한 걸음 한 걸음 내디디니 열 발가락 사이로 모래 알갱이들이 모였다 빠졌다 하는데 그 시원함이 앞으로의 모든 일에도 순조롭게 이루어졌으면 하는 바램이다.

온몸에 흐르던 땀도 식히고 묵직하게 종아리에 매달려 있던 피로도 말끔히 씻어내고는 내려오니 조금 아래쪽 계곡에서 교수님이 옛노래 고복수의 '짝사랑' 하모니카 연주를 하고 계신다.

'아 ~ 아, 으악새 슬피우니 가을인가요~ ' 아직은 푹푹 찌는 더위
지만 팔순의 교수님도 다가오는 가을을 타시려는가 보다. 그렇
다면 한참 젊은 나는 또 오는 가을을 어찌 보내야 하나 벌써부
터 걱정이다.

단기출가 短期出家

　괴나리봇짐과 같은 배낭 하나 달랑 메고 내소사(來蘇寺) 일주
문 앞에 섰다.

　쉼 없이 내달리기만 한 삶, 이제 한계에 도달했는지 하루하루
가 몸은 연못에 가라앉은 돌덩이처럼 무겁고 마음은 물 위에 떠
있는 부초처럼 허공에서 비틀대는 날들이다. 하여 고심 끝에 사
찰로의 단기출가를 결심했다.

　일주문을 나서자 눈앞에 길 양옆으로 키 큰 전나무가 늘어서
반기는데, 그 모습이 마치 검은 곰털모자를 깊게 눌러 쓴 영국
왕실 근위대가 근엄하게 도열해 있는 듯한 착각을 하게 한다.

옷을 갈아입고 전각에 드니 방 양옆으로 참가자들이 누구의 인솔 없이도 침묵 속에 남녀가 열 지어 앉아있으니 지도 스님이 상좌에 자리를 잡고는 한 명 한 명에게 온 이유를 묻는다.

누구는 말한다. 잃어버린 자신을 찾으러 왔다고, 또 누구는 말한다. 사는 게 힘들어 왔다고. 이렇듯 모두가 비슷하게 살고 있기에 온 이유 또한 크게 다르지 않았다.

"처사님은 무엇 때문에 오셨습니까?" 스님이 내게 묻는다.

"저는 절을 배우러 왔습니다."

"절이요? 몸으로 하는 절을 말씀하시는 겁니까?" 당혹스러운 듯 스님이 되묻는다.

집을 떠나 내려오는 내내 생각한 것이다. 어차피 모두 자아를 찾으러 왔다거나 아니면 사는 게 힘들어 왔다고들 할 것인데 같은 이유를 말해보아야 듣는 말은 같을 것이기에 좀 다른 이유를 말해야겠다고 생각했었다. 그리고 절에서 절하는 방법이 우리네 평시 인사로서 하는 절의 모습과 다른 것에 대해 늘 궁금하기도 했었다.

스님이 이유를 듣더니 그제야 이해가 되었다는 듯 빙그레 미소를 지으며 자신이 단기출가 지도 십수 년 만에 절 배우러 왔다고 하는 분 처음이다.라고 하면서 직접 시연을 해 보인다.

두 손을 가지런히 가슴에 모은 다음 왼손으로는 가슴을 받치고, 오른손으로는 바닥을 딛고 꿇어앉으며 머리를 땅에 조아리고 양 손날을 두 귀에 붙이고는 손바닥을 위로 들어 올리라 한다.

하심(下心)이다.

자신을 낮추어야 한다는 것이다. 그런데 바닥이 머리를 막고 있으니 더 내려갈 수가 없다. 해서 바닥을 두 손으로 받쳐 들어 올려야 한다는 것이다. 그리하면 결국 자신이 바닥 아래로 내려가는 것이 된다는 것이다.

결국, 나를 낮추고 살으라 한다. 절하는 법에서 단기출가의 목적이 다 이루어진 듯하다.

저녁 식사 시간이다. 처음처럼 전각에 늘어앉으니 각기 앞에다 면포에 쌓인 발우를 가져다 놓는다. 음식이 들어오고 각기 양만큼씩 덜어서 발우에 담고는 절대 먹는 소리를 내어서도 아니 되고 또 음식을 남겨서도 아니 된다. 밥을 먹은 후 마지막 단무지 한 조각으로 설거지를 한다. 그리고는 모든 이의 헹군 물을 양동이에 모으는데 이때 티끌 하나도 나오면 아니 된다.

그 물을 아귀(餓鬼)가 먹게 되는데 아귀의 목구멍은 바늘구멍보다도 작아 티끌이라도 있으면 목구멍에 걸려 죽게 되니 청정수처럼 맑아야 한다는 것이다.

밥 한 끼를 먹으면서도 우리는 미물까지도 사랑해야 한다는 것을 배운다.

저녁예불 시간이다. 이미 사찰은 산속의 칠흑 같은 어둠으로 쌓여있고 풀벌레 소리조차도 없는 침묵의 공간이 되었다. 모두 범종각 앞에 섰다. 스님이 내게 올라가라 한다. 돌계단을 더듬 거리며 겨우 범종 앞에 섰다. 종을 치라 한다. 절에 오면 늘 보 는 것이지만 상상 속에서나 쳐보았을까 언감 칠 생각조차 못 했 던 것인데 이 고요한 밤에 치라 한다. 망설이니 재촉한다. 마지 못한 듯 당목을 힘주어 쥐어 잡고 당겼다가 놓는다.

"둥~~~웅"

심장이 터질 것 같고, 주체할 수 없는 설움이 북받쳐 오르며 눈물이 왈칵 쏟아진다.

무엇이 이리 나를 힘들게 하고 있는지 모를 일이지만, 범종 소 리에 몸이 실려 심연의 바닷속으로 가라앉자 간신히 버티고 서 있던 기운마저 삭아져 바닥에 풀썩 주저앉는다.

여전히 종소리의 여운이 귓가에 맴도는데 내 주위로 홍매향 이 밤기운에 자욱하다.

모든 일정을 마치고 절을 나서며 일주문 기둥에 손 인사를 하 고는 뒤돌아보니 현판이 보인다. '능가산 내소사(來蘇寺)' 올 래,

소생할 소. '여기 오는 이 소생하라'라는 뜻인데 과연 나는 소생
하여 돌아가는지 스스로 궁금하다.

_____

열매와 쭉정이

열매는 흔히 과정의 어려움을 이겨낸 성과를 이야기할 때 자주 비유되기도 한다. 자연 상태에서는 식물이 꽃을 피워 수정되고 각종 병해와 충해를 이겨내고 지난한 시간을 견디어야만 튼실한 열매를 얻기 때문일 것이며, 우리의 삶 역시도 같은 과정을 거쳐서 결과를 얻기 때문이다. 그렇지만 우리가 성과에만 집중할 때 열매가 되지 못하는 다른 한편의 쭉정이에 대하여는 간과하고 있다. 흔히 열매를 맺지 못하고 껍데기만 있는 것을 우리는 쭉정이라 부른다. 모두가 열매만을 이상으로 생각할 때 누구도 알아주지 않지만, 엄연히 현실에 존재하는 것이 쭉정이기도 하다.

튼실한 열매는 수많은 쭉정이가 떨어지고 나서야 얻게 된다. 하지만 그 쭉정이들은 떨어지면서까지 살아남는 열매에게 영양을 몰아주고 종국에는 그 열매들을 살찌우는 자양분으로 쓰일 뿐이기에 누구도 그 쭉정이가 사라지는 것에 대해 애달파 하지 않는다.

자연은 강한 자만이 살아남는다.

식물은 처음 싹을 틔우고부터 경쟁이 시작되고 그 경쟁에서 살아남았다 해도 끝이 아니다. 이내 다음 경쟁이 기다리기 때문이다. 종의 보전을 위한 열매를 맺기 위하여 수많은 꽃을 피우고 열매를 맺지만, 그 열매의 무리 중에는 반드시 도태되는 쭉정이가 있기 마련이다. 도태에는 자연의 섭리에 의해 우성이 살아남기도 하지만 인간이 재배하는 작물은 인위적으로 도태시키는 행위를 한다. 이를 우리는 솎아낸다고 한다. 그 솎아냄은 우월한 열매를 얻기 위한 인위적 쭉정이 만들기이다.

동물의 세계는 어떤가. 야생의 세계에서는 열성인 새끼는 도태시키고 우성인 새끼만 키우는 냉정함의 세계가 펼쳐진다. 그래야만 먹고 먹히는 냉혹한 세계에서 살아남아 종을 보전하기 때문이다. 결국, 동물 세계에서도 도태되는 새끼는 살아남는 새끼를 더욱더 강하게 키우기 위한 쭉정이가 되는 것이다.

인간세계에서만은 조금은 다르다. 열 손가락 깨물어 아프지 않은 손가락 없다 한다. 흔히 조금은 부족한 자식을 말할 때 부모가 하는 말이자 마음이다. 자연의 세계에서는 부족한 후손은 버리게 마련이지만 인간세계에서만큼은 그렇지 않음은 무엇이 있기 때문일까? 우리의 모두가 이상적으로 생각하는 열매는 될 수 없다. 남들보다 더 많은 노력을 하여 목적한 삶을 영위하는 사람이 있는가 하면 그렇지 못한 사람도 있다. 나름 노력을 하여도 태생적으로 부족함을 가지고 있다거나 아니면 주변 환경에 의해서 부족하게 살아가는 사람이 있게 마련이다. 인간의 세계에서도 자연에 못지않은 경쟁을 거치며 살아간다. 그 과정에서 자연스레 도태되는 사람이 있기 마련이지만 그렇지만 자연 세계에서와 같이 인위적으로 도태시켜 쭉정이로 만들지는 않는 것이 감성을 가진 인간이기 때문 아닐까.

대개의 열매는 향기롭고 맛있는 과육 한가운데에 씨앗을 내밀하게 감싸 안고 있다. 그 씨앗은 자신의 종을 보전하기 위한 모든 유전정보가 담겨 있음은 물론이다. 하여 널리 퍼지어 오랫동안 종을 보전하는 확률을 높이기 위하여 각종 새와 동물들에게 과육으로 유인책을 제공하는 것이다. 물론 열매의 과육은 자신의 종을 퍼뜨리는데 일조하는 것에 대한 보답일 수도 있을 것이다. 이렇듯 자연은 종의 보전을 위하여 쭉정이를 버린 후 튼실한 열매를 맺어 더 넓게 더 멀리 퍼지도록 노력을 한다.

인간세계도 자연에서와 같이 쭉정이를 버리게 될까? 경쟁 사회에서 도태되는 것은 결국 쭉정이가 되는 것이겠지만 그렇다 하여 모든 사람이 열매가 된다면 한 사회가 유지될 수 있을까? 자연의 세계에서 쭉정이가 다른 열매를 맺도록 도와주는 역할을 하듯 사람이 사는 세계에서도 쭉정이의 역할을 하는 사람이 반드시 있어야, 한 사회가 유기적으로 작동하고 유지될 수 있는 것이다. 그렇기에 열매가 아닌 쭉정이의 역할을 하는 사람에게 그저 빈 쭉정이 대하듯 해서는 안 될 것이다.

나는 열매가 아니어도 괜찮다. 다만 쭉정이일지라도 사람 사는 세상에 나름의 역할이 있었으면 하는 바람이다.

씨앗을 품은 열매

열매는 씨앗을 품고 있다. 그것도 아주 내밀하게. 생명의 근원인 씨앗은 무엇보다도 소중히 보호되어야 하기에 대개의 열매는 두꺼운 과육으로 씨앗의 외부를 감싸 안고 있다. 그 과육은 화려한 빛깔을 띠기도 하고 때로는 향기롭고 달콤함을 지니기도 한다. 기실 자연에서의 열매는 씨앗을 널리 퍼뜨려 주는 새와 동물을 유인하여 스스로 그들에게 먹힘으로써 보다 넓은 지역에 종을 퍼뜨릴 수 있게 하는 것이고, 또한 자신이 품고 있는 씨앗이 발아할 때 혹여 척박한 땅에 씨앗이 떨어지더라도 과육이 썩어가며 거름이 되면서 싹을 틔우는 자양분이 되는 것이다. 이처럼 열매는 자신을 희생하는 과육이 있어 씨앗을 퍼트리고 싹을 틔워 오랜 기간 종을 보전하게 한다.

우리는 흔히 열매가 가지는 결과만을 생각하지만, 열매가 결실을 보기까지는 주위의 도움도 받아야 하고, 수많은 고난도 이겨내야 한다는 것을 간과한다. 열매 스스로는 움직일 수 없는 존재이니 누군가는 이를 옮겨주어야 하기에 바람이나 빗물 또는 새와 동물에게 도움을 받아야 한곳에 정착할 수 있고, 적당한 햇볕과 비의 도움도 받아야 성장하고 또 다른 열매를 맺을 수 있게 된다. 또한, 꽃이 피는 순간부터 시작되는 수많은 경쟁과 외부의 방해도 이겨내야 한다. 경쟁에서 이겨낸다 해도 한때는 도움을 주었던 존재들로부터 기인하는 방해뿐 아니라 온갖 해충과 병균도 이겨내야 비로소 하나의 열매로 결실을 보게 된다.

열매가 결실에 이르게 되는 과정에서 사그라져 간 맺어지지 못한 낙과에 대해서도 우리는 간과한다. 결실을 보는 과정에서 우월성에 의한 적자생존이기에 그들에 대한 연민은 갖지 않지만 그들의 희생이 없이는 결코 우리가 원하는 열매는 얻을 수 없다. 모두가 맺어지기를 원하면서 아무도 희생하지 않는다면 누구도 우월한 열매는 맺지 못할 것이다. 그러므로 누군가는 스스로 도태되어 사라지기도 하고 누군가는 인위적으로 솎음을 당해 사라지기도 한다. 어느 방식이든지 이는 다른 우월적인 열매를 얻기 위한 희생이다. 하지만 그 사그라져 간 열매도 한때는 엄연히 세상에 실재했던 존재였지만 아무도 그 희생을 생각해 주지는 않는다.

곤궁했던 반백 년 전 우리의 가정은 장남을 성공시키기 위하여 여럿의 동생은 희생하여야만 했다. 그래야만 가문을 지킬 수 있다는 당위성으로, 그리하여 수많은 사람이 원하지 않는 희생양이 되었고 대개는 숙명으로 받아들였다. 하지만 장남이 성공해도 결코 희생당한 그들을 누구도 기억해 주지는 않았다. 이처럼 자연 세계에서뿐만 아니라 인간세계에서도 열매를 위해 희생된 존재들에 대해서는 기억되지 않는 것이 세상의 이치인 듯싶다.

열매는 향기롭고 달콤하다. 그렇기에 우리는 모두 열매가 되기를 원한다. 흔히 세상 살아가는 우리에게 열매는 과정의 어려움을 이겨낸 성과를 이야기할 때 자주 비유되고는 한다.

자연의 세계에서 튼실한 열매는 환경의 수많은 도움과 희생하는 낙과가 있고 난 후에야 얻게 된다. 희생되는 낙과는 살아남는 열매에 영양을 몰아주고 종국에는 그 열매들을 살찌우는 자양분으로 쓰이게 된다.

인간의 세계에서도 모두가 이상적으로 생각하는 열매는 될 수 없다. 남들보다 더 많은 노력을 하여 목적한 삶을 영위하는 사람이 있는가 하면 그렇지 못한 사람도 있다. 나름 노력을 하여도 태생적으로 부족함을 가지고 있거나 아니면 주변 환경에 의해서 부족하게 살아가는 사람이 있게 마련이다. 경쟁 사회에서 도태되는 것은 결국 희생자가 되는 것이겠지만 그렇다 하여 모든 사람이 열매가 된다고 한다면 결코 모두가 건강한 사회가 되지는 않을 것이다. 자연의 세계에서와 같이 누군가는 희생자가 되어 다른 열매를 맺도록 도와주는 역할을 하듯 사람이 사는 세계에서도 그 역할을 하는 사람이 반드시 있어야 한 사회가 유기적으로 작동하고 유지될 수 있는 것이다. 그렇기에 열매가 아닌 희생자의 역할을 하는 사람도 기억되어야 하지 않을까 싶다.

씨앗을 품은 열매가 과육의 희생이 있어야 발아할 수 있고, 자연의 도움뿐 아니라 낙과의 희생이 있어야 튼실한 또 다른 열매를 맺어 오래도록 종을 보전할 수 있듯이, 사람 사는 세상에서 얻는 열매도 자신의 노력에 더해 누군가의 희생으로 얻게 된다는 것을 자연의 섭리를 통해 알 수 있다. 열매는 결코 혼자만의 노력으로 맺어지는 것이 아니라는 사실을 말이다.

말㗈과 삶

임신한 딸에게 친정엄마는 앞으로는 좋은 말만 듣고, 좋은 것만 보고, 좋은 것만 먹어야 한다고 당부한다. 좋은 음식이 건강한 몸을 만들고, 좋은 말이 건강한 정신을 만든다 여겼기에 아직 태어나지도 않은 태아에게 선한 영향력으로 작용하여 올바른 인간으로 태어나도록 하고자 하는 바람인 것이다.

말은 인간에 있어 모든 의사의 표현이고, 행동은 말의 또 다른 표현이다. 그렇기에 사람이 하는 말만 들어보아도 그의 삶을 알게 하기에 굳이 돋보기를 들이대지 않아도 그의 삶을 알 수 있게 된다.

안동시장에 들렀다. 시장 입구 쪽 좌판 어르신은 텃밭 작물 서너 가지를 펼쳐 놓으신 채 집에서 싸 온 점심밥을 한술 뜨시려다 허리를 굽혀 좌판 물건을 들여다보던 내게 인사말을 건네신다.

"밥은 잡샀니껴?"

"이제 먹으려고요. 이건 집에서 키운 토마토 같네요?"

작은 소쿠리에 소담스레 담겨 있는 잘 익은 토마토가 싱싱해 보여 여쭈니 텃밭에서 직접 키우신 거라 하신다.

"아 밥도 안 잡샀다면서, 우선 밥부터 자시고 오셔."

"근데 안동에서는 뭘 먹어야지요?"

"말씨 보니 예 사람이 아닌갑네예, 아 안동에 오면 안동국시를 먹어야 하는데, 조기 모퉁이 돌아치면 육쑤로 맛있는 집이 있어예. 가 자셔보셔."

짧은 대화를 마치고 잠시 생각해 보니 대개는 뭘 사려하냐고 묻는 게 보통인데 어르신은 그 말보다 내게 먼저 밥은 먹었냐고 물으신다. 순간 판매자가 아닌 어릴 적 내 할머니 모습이 보여 변변치 않게 식사하시려 하는 것도 그렇고 또 그리 말씀해 주시는 게 고맙기도 해서 같이 밥 먹으러 가자 하니 어르신은 손사래를 치신다.

한사코 마다하시는 어르신을 타지에 와서 혼자 밥 먹기 싫어 그런다고 하고는 예전 할머니가 애호박 고명을 얹어서 해주시던 국수 이야기를 꺼내니 그제야 조금은 편하게 자리를 잡으신다.

국수를 먹으며 왜 내게 밥 먹었냐고 먼저 말씀하셨나 여쭈니, 사람이 사는데 먹는 것만큼 중요한 일이 또 어딨냐고 하시며 너무도 당연한 것 아니냐고 반문하시듯 말씀하시는데 듣는 내내 가슴이 따뜻해 온다.

어르신도 타지에서 시집와 시어른들로부터 예를 익혔고 또 일가로부터 그 예를 실천하는 법을 배우며 지금껏 무탈하게 사시고 계시다 하는데 말씀 하나하나 하시는 게 진심으로 느껴져 어르신이 지금껏 어찌 살아오셨는지 굳이 말로 듣지 않아도 알 수 있을 것 같다.

잠시 후 국시집으로 들어오신 또 다른 두 어르신도 같은 노점을 하시어서 모두 아는 사이시길래 같이 식사하며 좀 전의 이야기를 들려드리니 다들 하시는 말씀이 "여기 경상도에서는 지나가는 거렁뱅이도 때가 되면 챙긴다 안하요."라고 말씀하시는데 마음으로 정이 듬뿍 느껴지는 말이다.

말은 한 인간의 삶을 좌우할 수 있는 힘을 가졌다고 생각한다. 그렇기에 헤아려서 하는 따뜻한 말 한마디는 삶에 대한 희망과 긍정을 주는 반면 무심히 내뱉는 말 한마디는 마음에 상처가 되게 할 수도 있다.

우리의 삶에 의해 마음가짐이 바뀌듯 사용하는 말도 삶을 따라가기에 삶이 고단하면 고운 말을 사용한다는 게 쉽지 않은 일이다. 이처럼 말은 살아온 삶에 숨겨진 이야기들을 들려주어 한 사람의 지나온 시간을 볼 수 있게 하는 것이다.

어르신이 연세가 드시어 이제는 많은 농사를 짓지는 못하지만, 눈앞에 보이는 텃밭을 놀리지를 못하고 소일삼아 한두 가지 작물을 재배하시고 먹다 남는 것을 장 구경 나올 겸 가지고 나오신다고 하는데 말씀하시는 내내 편안한 마음을 갖게 해준다.

어르신이라고 지금껏 살아오시며 온갖 풍상이 왜 없었겠는가, 하지만 석양 노을이 아름답게 비추듯 연로한 얼굴에 온화함이 가득하니 하시는 말씀 하나하나에도 정이 가득 배어있다.

국시집을 나와 시장 안으로 들어서니 시장통답게 많은 대화가 오고 가는데 외지인인 내가 듣기에는 잘 알아듣지 못 하는 말들이다. 듣기에 말은 거칠어 보이나 말끝은 여린 맛이 있는 게 겉은 거칠어 보이되 속은 부드러운 여기의 사람들과 닮았다는 생각이다. 특히 안동지역은 예의와 질서를 중요시하는 고장으로 알고 있다. 그래서일까 시장통 어디를 가나 함부로 말하는 사람 없고 모두가 서로를 존중하는 듯싶다.

시장 안을 다 돌아보고 나오니 좀 전의 어르신이 노점을 파하고 계시기에 인사를 드리니 환한 미소를 지으시며 응대를 해주신다.

"오늘은 내 운수가 옥쑤로 댓낄이다. 서울 선상한테 밥도 다 어묵고. 조심히 댕겨가셔예."

가을의 길목에서

올가을은 더디 오려나 보다. 유난스럽게도 무진 더위가 오래도록 이어지고 있다. 벽면에 걸려있는 달력이 9월로 바뀐 지도 벌써 절반의 날이 넘어가건만 한여름 같은 높은 기온의 날들이 여전하다. 지금껏 당연히 제때 왔었던 가을에 무슨 변고가 생긴 듯하다.

아침 날이 밝기도 전에 창문을 열어 보았다. 혹여 지난밤에 늦장 부린 가을이 찾아오지나 않았을까 하는 작은 기대를 하면서···· 하지만 가을은 오지 않았다. 기다림이 조금은 지쳐간다. 그 지쳐감이 지루한 무더위 때문인지 아니면 기다리는 선선한 가을이 아니 옴에서인지 알 수가 없다.

그렇다면 막연히 가을이 오기만을 기다릴 것이 아니라 내가 직접 찾으러 가야겠다 하고는 무작정 집을 나서 청천으로 길을 잡는다. 낭성으로 향하는 산성길에도 여전히 분기탱천하듯 푸르름만이 만연할 뿐 어디에도 가을은 와있지 않았다. 조금 더 내리막길을 달리니 이내 미원 들판이 나온다. 자세히 보니 벼이삭이 노르스름하게 보이는 것이 아침잠을 설친 눈 때문인가 싶어 두 눈을 비비고 다시 보아도 노르스름한 빛깔을 띠고 있다. 오호라, 가을이 내게는 아직 오지 않았지만 내 언저리에는 제때 오지 못한 변고의 사정을 살짝 띄운 듯싶다. 어느 날에 오겠노라고.

조금만 더 가면 가을을 만날 수 있을 것 같은 반가운 마음에 내처 청천에 당도했다. 하지만 길가에 늘어선 감나무의 땡감은 여전히 맛이 들 생각조차 하지 않고 있다. 시장을 둘러본다. 매년 이맘때면 각종 야생버섯으로 북적이는 장이지만 언제나처럼 썰렁함만이 감돌고 있다. 대체 가을은 어디에 있는 것일까.

조금 더 산속 깊이 들어가 찾아보아야겠다는 생각으로 길을 꺾어 달천을 따라 괴산 쪽으로 올라간다. 이내 화양천을 만나고부터는 길을 화양구곡으로 다시 잡는다. 왠지 그곳에 가면 가을이 와 있을 듯싶은 생각이다. 화양구곡 길에 접어드니 하늘이 보이지 않고 어두워지며 서늘함이 밀려온다. 가을이 예 와있나

싶었지만, 한여름의 녹음이 여전히 우거져 그늘을 만든 것뿐이었다.

얼마간 들어가니 차를 막는다. 더 들어가려면 걸어서 가야 한단다. 가을이 어디에 있는지도 모르는데 어찌 무작정 걸어야 하는지 퍽 난감하지만 어찌할 도리가 없다. 차를 두고 걷는 걸음이 퍽 안온하다. 여전히 숲 터널 길을 걷는 듯한 적당히 어두운 밝기에 시원한 바람이 얼굴에 와닿는 느낌이 참 좋아 가을을 찾아야겠다는 생각을 잠시 잊는다.

한참을 걸으니 화양2교가 나오고 드디어 밝은 하늘이 보인다. 화양천을 가로막은 보 위로 무더위를 식혀주는 맑은 물이 흘러넘친다. 장마가 그친지도 꽤 오래되었는데 숲이 우거지다 보니 머금고 있는 빗물이 아직도 많은가 보다. 다리를 건너자마자 또다시 숲 터널 길이다. 대체 찾는 가을은 어디쯤 있는지 답답함이 밀려올 즈음 건넜던 천을 다시 건네야 하는 화양3교가 나온다.

다리 중간에 서니 앞뒤로 펼쳐진 계곡의 바위와 물 그리고 숲이 어우러져 한 폭의 산수화를 보는 듯한데 그 풍광이 너무도 아름다워 가을 찾기를 그만두고 그저 계곡 속으로 몸을 담그고 싶은 마음이다. 다리 끝에 도착하니 작은 전망대가 조촐하니 마련되어 있고 그곳에서 바라다본 건너편 산속에는 조각나 아슬하게 자리하고 있는 첨성대 바위가 마치 서울 북한산의 사모바위 모습과 매우 흡사하여 잠깐 그곳에서의 추억에 잠긴다.

다시 정신을 가다듬고 이내 더 깊은 숲속으로 들어가려 걸음을 옮긴 지 얼마 되지 않아서 더는 들어가지 말라는 듯 오솔길에 말뚝 세 개가 박혀있다. 은연중 누군가에게 내 걷는 발걸음을 멈추어 주기를 기대했는지 그만 그 자리에서 한참을 서 있는다. 그리고는 예까지 왔는데도 없는 가을이 더 들어가 본들 있겠냐 하는 마음으로 어쩌면 홀가분하게 되돌아서니 이내 채운암이라 새겨진 돌지주 안내석이 길가에 서 있다.

무엇에 홀린 듯 오솔길을 따라 오르니 얼마 지나지 않아 아주 작은 암자가 자리 잡고 있고 아담한 대웅전에서는 나지막하게 염불 소리가 새어 나오고 있다. 잠시 걸음을 멈추자 아래에서 건너보았던 첨성대 조각바위와 그를 둘러싸고 있는 병풍바위가 한눈에 들어와 잠시 숨 고르기 할 때, 한 자락 바람이 불자 어디서 떨어져 왔는지 빛바랜 낙엽이 내 발등에 살포시 내려앉는다.

가만히 허리를 굽혀 낙엽을 집어 드니 듬성듬성 벌레 먹은 잎이 계절을 앞서 느꼈음인지 울긋불긋하게 단풍색을 띠고 있는 것이 오호라 가을이 여기에 와있었다.

작은 섬의 오후 4시 반

순간 적막의 세상이다. 주변 어디를 둘러보아도 어떠한 소리도 들리지 않을 뿐만 아니라 모두가 멈춰있는 듯한 섬의 시간 오후 4시 반이다.

뭍으로 나갔던 사람들을 싣고 온 마지막 배가 되돌아 나가고, 고기잡이 나갔던 어선들도 모두 포구에 정박해 있어 바다는 마치 호수처럼 잔물결 하나 없이 고요하다. 가을의 계절이 깊어가니 오후의 해는 한낮의 눈부시던 총기는 사라지고 그저 희뿌연 햇무리 속에서 겨우 모습을 보인다.

멀리 육지를 바라다본다. 희미하게 움직임은 느껴지지만 먼 거리 탓인지 아무 소리도 들려오지를 않지만, 왠지 문명이 돌아

144

가는 환청이 들리는 듯하다. 몇 걸음을 떼어 방파제 끝에 다다르니 아주 작은 칠게 한 마리가 따뜻한 시멘트 블록에서 오수를 즐기다 내 인기척에 놀라 급히 바닷물 속으로 몸을 던지지만 하도 작고 가벼운 몸집이라 그런지 파문도 풍덩 소리도 나지를 않는다.

콩자갈 하나를 집어서는 돌팔매질을 해 본다. 넓고 깊은 바다는 아무런 반응이 없다. 여전히 침묵이다. 다른 돌을 집으려는 때 검은 고양이 한 마리가 나타나서는 내 그림자 속에 몸을 감추어 자세를 낮추고는 내 행동을 지켜보고 있다. 낚시꾼들에게 생선 깨나 얻어먹은 습성일까 내게 바라는 게 있는 눈치지만 나는 줄 게 아무것도 없어 미안한 마음이다.

못된 짓을 들킨 아이처럼 집었던 콩자갈을 슬며시 도로 내려놓고는 발길을 돌려 섬의 끝을 향해 걷는다. 길가의 벚나무 잎은 반쯤 색이 바래있고 힘에 부친 몇몇 나뭇잎은 떨어져 바다에서 불어오는 해풍에 몸을 이기지 못하고 이리저리 뒹군다. 모퉁이를 돌아서자 빨간 양철지붕을 한 섬집 하나가 굳게 잠긴 사립문 안에서 고즈넉하게 자리하고 있다. 잔디가 자란 마당가에는 어젯밤 외지인이 머물다 갔는지 푸른색 술병 한 무더기가 쌓여 있는 것이 간밤은 꽤나 소란스러웠을 듯싶다.

얼마를 걸어 나가니 코끝에 뻘내음이 부딪히는 것이 근처에 뻘밭이 있는 모양이다. 남해 바다에도 뻘이 있으려나 하고 의심하던 차, 눈앞에 그리 크지 않은 뻘밭이 모습을 보이고 해안가 입간판에는 바지락 체험장이라는 안내판이 세워져 있다. 바지락 칼국수를 만들어 먹을 수 있다니 큰 선물을 덤으로 얻은 기분이다.

뻘밭에는 작은 생물들의 소리 없는 움직임만 분주할 뿐 여전히 섬은 조용하다. 뻘밭을 경계로 하는 나지막한 돌무더기 건너편은 천연 해수풀장이다. 푸른 바닷물이 들어왔다가는 나가지 못하고 갇혀있는 것이 마치 선녀가 내려와 목욕했을 듯한데 거친 해풍도 돌울타리를 넘지 못하는 듯 고요의 공간이다. 아마도 어제 낮에는 꼬마들의 재잘거림과 웃음소리로 꽉 채워지지 않았을까 싶다.

해수풀장의 경계를 이루는 바위를 오르니 이내 숲속으로 향하는 오솔길이 나를 안내한다. 나무데크로 된 계단을 따라 한 걸음 한 걸음 오르니 탁 트인 먼바다가 한눈에 들어온다. 아스라하게 제법 큰 섬들이 둥실둥실 떠 있다. 계단이 끝나고 나무가 우거진 숲으로 들어서니 그 흔히 들리던 새소리도 풀벌레 소리도 없는 역시 침묵의 공간이다. 천 길 발아래 절벽으로는 부딪혀 부서지는 파도가 일으키는 하얀 포말이 가득한데 너무 먼 거리인지라 철썩거림의 소리조차도 올라오지는 못한다.

숲 밖으로 보이는 바다의 모습을 익히 기억하고 있는 소리로 상상하며 듣는다. '쏴아아~ 철썩' 고요 속의 아우성이다.

패나 긴 숲길을 걸어 마을 어귀에 당도하니 길고양이들이 서로의 영역을 지키려는 심산인지 앙칼지게 침묵의 섬에 한줄기 소리를 울려 댄다. 뭐라도 가진 것이 있다면 주고 싶지만 아무리 뒤져보았어도 빈 주머니였다.

처음 걷기 시작했던 방파제 앞에 섰다. 한 시간 반여를 걸은 듯한데 햇무리에 갇혀있던 해가 이제는 수평선 노을 속에서 붉어져 있는 것이 얼마 안 있어 주위로 검은 땅거미가 내리기 시작할 듯싶다. 그나마 간간이 보였던 주민들의 움직임도 아예 없는 어찌 보면 섬 속에 나 혼자만이 살고 있는 착각이 든다. 섬인데도 바람 한 점이 없다. 뭍으로 오가는 배편들도 고기 잡는 어선들도 아무런 움직임이 없다. 이제는 나도 침묵으로 들어가야 할 때인가 보다.

그를 만나다

오뉴월의 마지막 날, 남도의 태양은 머리 위에서 이글거리고 몸은 한증막에 앉아있는 듯 땀이 비 오듯 흐르는데 나는 오랫동안 벼르던 그를 만나기 위해 이 삼복더위에 악양 들 한복판에 서 있다.

사방은 잘 자란 벼들이 패기 직전의 푸르름이 절정에 달해 작은 논둑길 한 줄기 내놓고는 온통 짙은 푸르름의 세상이다.

꽤 오랜 기다림과 더위에 지쳐 결국 들판 가장자리에 자리한 동정호 악양루로 몸을 옮기니 섬진강 강 바람에 마치 다른 세상에 온 듯싶은데, 잠시 누각 기둥에 등을 기대고 앞을 바라보니 눈 앞에 펼쳐진 들판의 벼포기들이 강바람에 파도치듯 일렁이고 호숫가 버드나무 가지에선 쓰름매미 떼가 극성스럽게 울어 대니 천근만근 눈까풀이 살그머니 내려앉는다.

얼마를 기다렸을까, 논둑길 저만치서 흰 도포를 휘날리며 훤 칠한 한 사내가 성큼성큼 걸어온다.

"내를 기다렸소?"

발치 앞까지 다가온 사내는 심기가 매우 불편한 듯 퉁명스럽 게 한마디 내뱉고는 저 언덕 위 마을 속 어느 한 곳에 눈길을 멈 춘다.

"누굴 찾소? 혹 월선을 못 잊어 찾는 게요?"

여전히 내 말에는 아무 대꾸도 없다.

"그리도 못 잊을 거 살아생전에 좀 잘해 주지 그랬소. 그 시절 에는 다들 그랬다고 하지 마소. 구천이를 보소, 그가 그리 무심 하게 했소? 말하지 않아도 다 안다고요? 말하지 않는데 누가 다 안답디까. 당신은 무심하기만 한 게 아니었소. 당신은 단지 비 겁했던 것이요. 어머니 핑계도 대지 마소, 당신은 용기가 없었 던 거요. 강청댁에게도 그리했다고요? 그렇다면 임이네는 왜 품 었소? 무슨 염치로 홍이를 월선에게 맡기었소? 월선이 그리 원 했다고요? 참 당신은 뻔뻔스러운 사람이요."

나는 겨우 불러낸 사내를 매몰차게 쏘아붙이고는 그래도 분 이 풀리지 않아 더 말을 이으려는데 어느새 사내의 큰 눈에 이

슬이 맺힌 게 보인다.

"그리 마음 아픈 척하지 마소. 월선은 한 평생을 당신만 기다리며 저 동정호 물 만큼이나 눈물을 쏟았소. 어디 눈물만 쏟았겠소, 여러 사람에 채여 새카맣게 타버린 가슴으로 숨이나 제대로 쉬면서 살았겠소. 그래 놓고 겨우 마지막 눈 감는 순간에 '니 여한 없제?'라고 하는 당신에게 죽어가는 사람이 뭐라 해야 되겠소? 월선이 얼마나 착하면 죽어가는 순간까지도 당신 맘 아프지 말라고 여한 없다고 했겠소!"

오랫동안 가슴에 맺혀있던 말을 쏟아붓고 나면 조금은 후련할 듯싶었는데 그게 아니었다. 그라고 왜 그리 살았겠는가, 시대를 잘못 만났고 또 그리 속으로만 마음으로 품고 살아도 월선이 다 알아줄 거라 생각하고 살았던 것 아니었을까.

우리의 부모 세대는 표현하지 못하고 살았다. 어디 부모 세대뿐이랴, 우리의 세대 역시도 마찬가지로 그리 살았다. 우리는 모두 그리해야만 하는 것이 사내들인지 알고 살았다. 살갑게 사랑한다는 말 한마디 못 하고 그저 굳이 말하지 않아도 알 것으로 생각하며 살았다. 그러니 내가 사내를 마냥 책망할 수도 없는 것이다.

사내가 걸어왔던 논둑길을 뒤돌아가려 하자 나는 마음이 조급해졌다.

"지난 세상에서 맺어지지 못하고 가슴 아프게 살았으면, 그게 그리도 한으로 남았으면, 이생에서라도 다시 태어나 서로 맺힌 한을 풀며 살아야 하지 않겠소. 내 비록 힘은 없지만, 당신과 월선을 위해 있는 힘 다해 맺어지도록 하겠소. 그러니 당신도 다시 태어나면 그때는 꼭 말로 몸으로 표현하며 아껴주고 사랑해주기 바라오. 그리고 이리 와 주어서 고맙소, 용이 아재."

그가 홀연히 사라지자 어느새 악양 들 하늘에 붉은 노을이 지고 저 멀리서 용이와 월선이 손잡고는 섬진강 황금색 모래밭을 나란히 걸어가고 있는 게 보인다.

그때다. 돌연 일진광풍이 호숫물을 뒤집어엎으니 날아온 물에 그만 물벼락을 흠뻑 맞고 말았다. 앉은 자리가 축축하다. 꿈이었다.

긴 한숨을 내쉰다. 매번 소설 '토지'를 읽을 때마다 용이와 월선이 맺어지지 못한 게 늘 마음이 아려왔다. 여러 사정이 있어 용이도 그리했겠지만 좀 더 적극적으로 행동했다면 월선이 그리 마음 아프고 힘들게 살다 가지는 않지 않았겠는가 싶다. 이제라도 지난 생에 이루지 못한 인연 맺어주려 했는데 한여름 낮의 꿈에서 보니 용이와 월선이 다시 만나 사랑이 맺어진 듯싶어 너무도 고맙다.

바닥에 흐른 식은땀을 닦고 일어서려는데 논둑길 한 켠에 소담스레 피어있는 수국 향이 사사삭 부는 바람을 타고 악양 들에 가득 퍼진다.

2편

단편소설

용이와 월선의 섬진강 연가(戀歌)

황혼(黃昏)

용이와 월선의 섬진강 연가戀歌

　용이는 월선의 머리를 무릎에 올려 품으로 감싸 안고는 그저 눈망울만 마주한 채 한동안 바라보다가 무겁게 닫혀있던 입을 비로소 뗀다.

　"니 이제 여한 없제?"

　"야. 당신하고 하루도 못 살아봤지만‥‥, 그치만 내 이제 이리 갈 수 있어서 아무 여한 없심더."

　"그럼 됐다."

　용이는 짧은 한마디를 하고는 굵은 눈물을 월선의 얼굴에 뚝뚝 떨어뜨리자 월선이 간신히 팔을 들어 용이의 얼굴을 감싸 쥔다.

"우리 다음 생에서는 꼭 같이 살아요."

"알았다. 내 꼭 그러하구마."

사랑하는 월선이가 무당집 딸이라는 이유로 어머니의 반대에 결국 맺어지지 못하고 마음에도 없는 사람과 혼인을 하고 살다가 결국은 또 다른 여인으로부터 아들 하나를 얻고 살아온 용이의 한평생, 이제껏 서로가 바라만 보며 살다가 결국 월선의 마지막이 되어서야 가슴에 품었던 말을 하고는 이생에서의 영원한 작별이 이루어진다.

새봄이 되자 용희는 하동에 있는 고등학교에 입학하여 버스 통학을 하게 되었다. 용희가 살고 있는 금남면 계천리에서는 노량항에서 출발하여 오는 버스와 금성면 궁항리에서 출발하여 오는 버스가 십여 분 간격을 두고 도착하였으며 용희는 조금 일찍 도착하는 궁항리에서 오는 버스를 이용하여 학교에 가고는 했다.

사십여 분 걸음걸이에 있는 중학교를 마치고 드디어 하동읍으로 버스를 타고 통학을 하게 된 용희는 모든 것에 꿈이 부풀어 있었다.

이전 중학생일 때와 다르게 몰라보게 의젓해졌고 학교생활에서나 집안일을 돕는 일이나 이제는 누가 시키지 않아도 알아서

해내고는 하였다.

"용희 읍내까지 학교 다니느라 힘들지 않나?"

하굣길 버스에서 내리자 구판장 태선이 아재가 안부를 묻는다.

"괜찮습니다. 아재."

용희가 간단히 답을 하고는 부지런히 집을 향해 발걸음을 옮기는데 태선이 아재가 뒷걸음에 대고 한마디 건넨다.

"그래 공부 열심히 하그라. 니 아부지가 니 학교 보낼라고 동네 남의 일 도맡아서 다닌다 아이가."

순간 용희의 뒷목이 뻐근함을 느끼며 되돌아보니 이미 태선 아재는 구판장 안으로 들어가 버리고 없다.

용희의 집 형편이 넉넉지 않아 고등학교에 다니는 것이 남들같이 쉬운 일이 아닌 것은 짐작으로 알고 있었지만, 아버지가 남의 집 일을 하면서까지 고생하시는지는 생각하지 못했다.

"아버지"

"와?"

"아버지 저 때문에 동네 남의 집 일까지 하고 다니신다면서요?"

"무신, 누가 그런 소리 하드노?"

"누구긴요, 사람들이 다 그러던데요."

"니는 그런 쓸데없는 소리 신경쓰지 마라."

용희가 아버지와 저녁상을 받아놓고는 하교길 태선 아재로부터 들었던 말이 마음에 걸려 꺼내니 아버지는 무심하게 받아넘기신다.

"저 때문에 아버지 고생시켜드려 죄송합니다."

"그런 생각 하지 말그라, 니는 학교 공부만 열심히 하면 된다."

더 이상 말을 이어가 봐야 다른 말씀이 있을 것 같지도 않아 용희는 그저 묵묵히 저녁밥을 먹는다.

고등학교 1년이 순식간에 지나간 듯싶다. 새봄이 되며 2학년이 되었고, 그날도 여전히 학교로 가는 버스를 타려다 집에 두고 온 물건이 생각나 집에 다녀오는 바람에 매번 타던 버스를 보내고 노량항에서 오는 버스를 타게 되었다.

매번 타던 버스와는 다른 동네 친구들이 버스에 타고 있었지만 마침 같은 반 친구 지호가 타고 있어 반갑게 인사를 나누는데 마침 지호 뒷켠에 서 있는 화사한 도회지 풍의 여학생이 옅은 미소를 띠고 있는 게 보이는 게 아닌가. 순간 용희는 발걸음을 멈칫하고는 숨이 멎은 듯 서 있으니 지호가 자기 쪽으로 오라고 손짓을 한다.

아주 짧은 시간이었지만 뭔가에 한 대 얻어맞은 듯한 느낌에 지호 쪽으로 가서도 시선은 계속 그 여학생에 꽂혀 있으니 지호가 옆구리를 쿡 하니 찌른다.

"니 어데에 그리 보노?"

"아이다."

"아이기는 저 아 보고 있는 거 다 안다."

"어어, 근데 저 아 누구고?"

"금남면 부잣집 딸 아이가, 아버지가 무슨 사업 하신단다."

"몇 학년이고?"

"우리와 같은 2학년이다."

버스에서 내려서 학교로 걸어가는 길에서도 지호와의 대화는 에둘러 그 여학생에 대해 계속 이어진다.

"와? 니 그 아 한테 관심 있나?"

"아이다, 오늘 처음 봤구만, 근데 참 에쁘더라."

그렇게 둘은 교실로 들어가며 대화는 마무리되었다.

다음날 용희는 매일 타고 다니던 먼저 온 버스를 타지 않고 보내니 같은 버스를 타고 다니던 친구들이 버스 창문을 열고 소리쳐 부르지만, 짐짓 못 들은 척 먼 산을 바라본다. 조금 지나니 노량항 쪽에서 오는 버스가 오고 두근거리는 마음을 숨기고 버스에 올라 어제 보았던 그 여학생을 찾으니 어제와 같은 자리에 서 있었고 오늘도 그 화사함은 여전하다.

잠시 서서 머뭇거리니 지호가 아는 체를 하며 자기 쪽으로 오라 손짓을 하기에 무심한 듯 자리를 옮기지만 시선은 여전히 그 여학생에 꽂혀 있다.

"내 니 오늘 이 차 탈 줄 알았다."

"늦게 일나서 좀 늦은 바람에 탄기라."

지호는 용희의 말에 더 이상 대꾸를 하지 않는 채 희미한 웃음만 얼굴에 짓는다.

다음 날도 또 그다음 날도 역시 용희는 매번 타던 버스가 아닌 뒤에 오는 버스를 타고는 학교로 가며 어느덧 그 여학생이 버스에서 보이지 않을라치면 종일 무료한 하루가 되고는 하였다.

그렇게 한 달여가 지나자 용희는 용기를 내어 그 여학생에게 편지를 쓴다. 자신이 누구이고 어디에 살며 너의 미소에 정신을 잃어 온종일 네 생각뿐이니 한번 만나야 하겠다고 써놓고는 며칠을 건네주지 못하고 속만 태우고 있다.

그러기를 며칠 단단히 마음을 다잡고는 학교 오전 수업을 마치고 점심시간이 되자 용희는 지호를 밖으로 불러내어 그 여학생에게 편지를 전해 달라고 부탁을 하는데 뭔가 죄지은 사람 같으니 이런 용희의 마음을 잘 아는 지호는 걱정하지 말라고 하면서 용희의 어깨를 툭 친다.

다음 날 아침에 주뼛주뼛 버스에 오르니 지호가 므훗한 미소를 지으며 용희를 바라보는데 용희는 버스에 올라서도 시선을 어디에 두어야 할지 모르는 좌불안석이다. 그러다 용희를 내내 지켜보고 있었던 그 여학생과 눈이 마주치자 온몸이 마치 감전된 듯 전율이 일었다.

버스에서 내려 학교로 걸어가며 지호가 말을 전한다. 그 여학생으로부터 답변이 있었고, 지호의 전언에 따르면 이번 주 토요일 저녁에 노량포구에서 만났으면 한다는 것이다.

"참말 이가?"

용희는 지호의 전하는 말에 연신 반신반의하면서도 온몸이 하늘로 붕 떠오르고 심장이 터질 것만 같아서 하루의 수업을 어찌 받았는지 기억도 없다.

일주일의 시간이 그리 길다고 생각해 본 적이 없는 듯싶다. 드디어 약속된 토요일 오후 약속 시간이 다가오자 용희는 이 옷을 입었다가 저 옷을 입었다가 몇 벌 안 되는 옷을 바꿔가면서 연신 거울을 보고 옷매무새를 다듬고는 하니 밖에서 이 모습을 지켜보던 어머니가 고개를 갸웃하신다.

이리저리 부산을 떠는 바람에 약속 시간이 다 되어가는 줄 모르고 있다가 급하게 자전거를 타고는 달려가는데 불어오는 바닷바람이 그 어느 날보다도 상쾌하다.

노량포구에 도착하니 그 여학생이 와있기에 자전거에서 내리며 다소 겸연쩍게 고개를 까딱하며 인사를 하니 밝은 미소로 화답을 한다.

"미안 내가 좀 늦었지?"

"아냐, 멀리 오라고 해서 내가 미안하지."

서로 어정쩡하게 인사말을 나누고는 잠시 침묵이 흐른다.

"나는 이용희라 하고 하동종고 토목과 2학년이다."

"아아, 토목과 다니는구나. 나는 공원선이라 하고 하동여고 2학년이야."

"왜, 토목과 다닌다니 좀 생소하노?"

"조금, 보통과라 생각했었는데, 토목과라면 뭘 하는 걸 배우는 거지?"

"음, 우리가 알고 있는 것보다 범위가 넓다. 저 남해대교 같은 것도 만들고 또 이런 도로도 만들고, 저런 항구의 방파제 같은 것도 만드는 일을 하지. 나는 우리 집이 그리 형편이 넉넉치가 않아서 기술 배워서 돈 벌려고 토목과를 택했지."

용희가 주변의 관련 시설물에 대하여 손으로 가르키며 학교에서 자신이 배우는 것에 대해 열심히 설명을 하고 원선은 그런 용희를 빤히 바라본다.

"내가 좀 말이 많았나?"

"아냐, 내가 잘 몰랐던 걸 잘 알려줘서 고맙지. 근데 왜 날 만나려 했어?"

"음, 그게⋯⋯."

갑자기 말문이 막힌 용희가 얼굴이 벌게지면서 말을 더듬기 시작하니 원선이 귀여워 죽겠다는 듯 환하게 웃는다.

"괜찮아, 나도 너 처음 본 순간 마음에 들었거든."

원선의 생각지도 못한 말에 용희는 한껏 고무되어 기분이 날아갈 듯만 했다.

서로 이야기를 하며 포구를 지나 해안길을 따라 한참을 걷는데 어느새 저녁노을이 붉게 퍼지고 이내 바다는 검게 변했다.

시간이 흘러 용희는 고등학교 졸업 학기가 되어 한 업체에 실습 교육을 다녀오고 원선은 대학입시 준비에 여념이 없는 가운데 시간을 내어 만났다.

"어때, 시험 일자가 얼마 안 남았는데 준비는 잘 되어가나?"

"괜찮아, 너는 이제 실습 교육까지 마쳤으니 회사에 취직해야 하는 거 아니야?"

"진주에 있는 회사에 추천받아서 취업은 됐는데, 실습 교육받고 보니 나도 대학을 다녀야겠다는 생각이 들어서, 뭐 당장은 아니지만, 내후년쯤엔 야간대학이라도 들어가 보려고."

"회사 일에 학교 준비까지 하려면 많이 힘들텐데, 그래도 잘 생각했네."

"너는 이제 서울로 가는 거잖아? 그럼 우리 잘 못 보겠네."

"네가 서울로 오면 되지, 나도 가끔씩 내려 올거고."

"사람은 눈에서 멀어지면 마음도 멀어진다고 하잖나."

용희는 원선과 떨어져 살아야 한다는 게 영 마음에 걸리는 듯 어두운 표정을 짓자 원선이 안타까운 듯 용희의 손은 살며시 잡아주며 걱정하지 않아도 된다고 다독인다.

겨울이 지나고 섬진강 매화 향이 하동 벌에 퍼지기 시작하려 할 때 용희와 원선은 섬진강 백사장 고운 모래 위를 나란히 걸으며 원선의 서울 생활 준비며 용희의 직장생활에 대하여 이야기꽃을 피우느라 정신이 없다.

"이제 서울에 올라가면 여름 방학이나 돼야 내려오겠네."

"그래야겠지, 그나저나 너는 직장생활은 어때?"

"이제 두 달째인데, 아직 잘 모르겠다. 그저 선배들 따라다니며 바쁘기만 하다."

"너야 학교 공부도 잘했으니까 직장 일도 잘할 거라고 난 믿어."

"좀 더 지나 봐야 알겠지, 그나저나 서울에서 학교 다니면 이제 나 같은 촌놈은 눈에 보이지도 않는 거 아이가?"

용희의 말은 반 장난으로 하는 말이지만 어딘지 모르게 불안해하는 눈치다.

"걱정하지 마라. 내 서울 놈 꾸러미로 갖다 줘도 눈 하나 깜짝 안 할 거다."

원선의 말에 한껏 고무된 용희다.

"내 고등학교 다닐 때 우리 반 아들이 내게 뭐라 했는지 아나?"

"뭐라 했는데?"

"우리 보구 그르드라, 전생에 아마 부부로 맺어지지 못한 사이였을 거라고."

"뭐, 왜?"

"하는 말로는 둘이 서로 좋아는 하는데 볼수록 어딘지 모르게 애틋하다고 했다."

"그래? 그 말대로 우리 전생에 부부로 맺어지지 못한 사이였다면 현생에서 맺어지면 되지, 니는 안 그러나?"

"안 그렇기는, 내가 하고 싶은 말이다. 그나저나 이제 우리 원선이 보고 싶어 우짜노? 이제 방학이나 되야 볼 수 있을 텐데."

"내가 그리 보고 싶음 서울에 올라오면 되지 뭔 걱정이가?"

"맞나? 니는 내 안 보고 싶을 낀가 보다."

"안 보고 싶기는, 요즘도 매일 안 보면 잠을 못 자겠는데⋯⋯."

"참말이가?"

둘이 서로의 말에 맞장구를 치며 때로는 박장대소를 하고 때
로는 눈물을 훔치며 긴 이야기를 하다 보니 어느새 섬진강에 어
스름 어둠이 내려앉고 있었다.

용희의 직장생활도 2년 차에 접어들고 원선도 2학년이 접어
들어 새 학기가 시작될 즈음 원선이 다급하게 용희를 만나자 하
는데, 왠지 느낌이 좋지 않다.

얼굴이 상기되어 온 원선은 용희를 보자마자 굵은 눈물을 뚝
뚝 떨어뜨리니 용희가 깜짝 놀라 어찌할 바를 모른다.

"무슨 일인데 그라노? 울지 말고 말을 좀 해봐라."

원선으로부터의 말은 아버지 회사가 부도가 나게 되었고 집
까지 모두 경매로 넘어가게 되어 가족 모두가 거리로 나앉게 되
었다는 것이다. 그리고 자신도 학교를 더 이상 다닐 수가 없게
되었다는 것이다. 이에 용희는 자기가 어떡해서든 원선의 학비
를 대줄 테니 걱정하지 말라 했지만 일은 그것만으로 끝이 아니
었다.

용희가 위로의 말을 건네도 원선은 머리를 도리질할 뿐 진정
이 되지 않아 무슨 일인가 더 심각한 일이 있구나 하는 불길한
생각이 든다.

166

사업으로 인해 발생한 채무를 갚아 아버지가 구속을 면하고 회사를 살리려면 현재로서는 달리 방법이 없고 채권 금융기관인 협동조합장의 절대적인 협조가 필요한 상황이라 한다.

　"너네 집이 그리된 줄은 생각도 못 했다. 너 학교는 내가 어떡해서든 보낼테니 그건 걱정 말그라, 그리고 아버지도 그 협동조합장 협조만 받으면 잘 되는 거 아이가?"

　용희의 달래는 말에도 원선은 여전히 도리질만 치며 눈물만 흘릴 뿐이다.

　"와? 또 뭐가 문제인데?"

　"그 협동조합장 협조를 받으려면 내가 그 집 아들과 혼인해야 한다고……."

　용희의 재촉에 원선이 말을 다하지 못하고 흐리는데 용희는 그만 넋 나간 사람이 되어 버린다.

　"무슨 그런 말 같지도 않은 일이 있드나?"

　일단 입에서 튀어나오는 대로 말은 했지만 벌어질 일에 어찌해야 할지 앞이 보이지 않는 용희다.

　"니 나하고 같이 살고, 같이 죽자고 약속하지 않았나?"

　"내가 왜 그걸 모르겠어, 하지만 내가 아버지 말에 따르지 않으면 우리 집은 그냥 망하는 건데, 그뿐 아니라 가족 모두 거렁뱅이가 될터인데……."

"우리 멀리 가자, 내 니없이 못 산다 아이가!"

"나도 그러고 싶어, 하지만 그러면 우리 아버지와 식구들은 어쩌구."

원선의 말에 딱히 답이 없는 용희다.

협동조합장의 아들은 몸이 부실하여 나이를 먹고도 장가를 가지 못하고 있었다. 그리하여 마침 원선의 아버지 회사에 대한 채무 상환의 유예를 하는 대신 자신의 아들과 혼인하기를 원했고, 아버지는 달리 방법이 없기에 원선에게 그 요구를 하게 되었던 것이다.

원선의 사정을 들은 이후부터는 자신이 어찌할 수 있는 일이 없다는 자괴감에 매일 같이 술만 마시고 괴로워만 하는 사이 시간은 흘러갔고 결국은 원선이 어쩔 수 없이 협동조합장 아들과 혼인하는 것으로 되어갔다.

낙심한 용희는 결국 다니던 회사도 때려치우고 괴로워하는 나날을 보내다 모든 것을 잊고자 하는 생각에 군대에 입대하여 월남전에 자원하겠다는 마음을 갖는다.

이런 사실을 알게 된 부모님은 애를 태우며 용희를 달래보아도 돌아설 기미가 보이지 않자 결국은 원선이네를 원망하지만, 용희는 그런 부모님의 마음에 더 상처를 입을 뿐이었고, 결국은 원선에게도 이 소식은 전해졌다.

"군대 가서 월남전에 자원할 거라 했다며?"

"그래, 내 거기라도 안 가면 여기서 말라 죽을 거 같다."

"그리 하지 마라, 너 전쟁터 가고 나면 나는 잘살 거 같나?"

"내 월남 가서 싸우다 죽으나, 여기서 살며 말라 죽으나 매한가지다. 그래서 가려는 거다."

"하지 마라, 니 죽으면 나는 살아도 사는 게 아닐기다."

"니는 내 잊고 잘 살아라."

용희의 차가운 말에 원선은 그저 굵은 눈물만 흘릴 뿐인데 그런 원선을 용희가 되돌아서 가만히 안아준다.

"사실 니가 이리 어려운 일을 닥쳤는데도 내가 니한테 해줄 수 있는 게 아무것도 없는 게 화가 난다 아이가. 그래 그러는 거다. 그러니 너는 너무 맘 쓰지 마라."

"너 잘못 없잖아, 다 내 잘못이야. 정말 미안해."

"미안해 하지 마라. 그기 와 니 잘못이고? 우얏든 내는 니 마음만 내한테 있으면 된다. 그거면 된다 아이가."

결국 원선의 혼인 날짜가 잡혔고 용희도 군대에 입대하여 월남에 파병하게 되었다.

늦여름이 끝나가고 초가을에 접어드는 계절에 고향을 떠나왔는데 베트남 날씨는 고향의 여름이 이어지는 듯싶다.

주둔지에 도착 후 사흘간의 현지 교육이 이루어지고 이내 다음날부터 전투에 투입되어 고향에 두고 온 부모님 생각도 또 온갖 번잡함의 마음에 애 끓였던 원선의 생각도 할 여력이 없이 오직 죽음이 저 문밖에 있는 듯하여 오히려 오랜만에 맑은 정신이지 싶다.

전투에 투입된 지역이 밀림이 될 수도 있고 때로는 고지전이 되거나 아니면 특정 마을을 소개하는 전투가 되기도 한다.

특히 마을에서 이루어지는 전투는 게릴라전으로 벌어져 정규군과 주민과의 명확한 경계가 모호한 적이 많아 애를 많이 먹고는 했지만 그래도 선량한 주민들을 보호해야 한다는 지휘부의 교육과 방침에 따라 전투를 치러 아군의 피해가 발생하기도 하지만 주민들 특히 어린이와 부녀자들을 볼 때면 죽음이 왔다 갔다 하는 순간에도 고향 생각이 머리를 스친다.

수없이 많은 경계와 매복 작전 그리고 전투를 치르며 어느덧 한 해가 마무리되고 새로운 한 해가 시작되자 베트남에서의 전면 철수 소식이 돌기 시작한다.

본격적으로 철수 일정이 잡히자 그동안 수면 아래에 잠들어 있던 고향에 관한 생각이 다시 수면 위로 떠 오르기 시작하였고 경계 작전을 하는 날 밤이 되면 멀리 고향 쪽 하늘을 올려보노라면 언뜻언뜻 눈시울이 뜨거워지고는 한다.

고향은 지금쯤이면 매서운 한겨울일 텐데 땔감은 넉넉히 준비되어 있는지 부모님은 병은 나지 않고 무탈하신지 온갖 걱정을 하는 끝에는 언제나처럼 혼례를 치르고 시집을 갔을 원선이 잘살고 있는지 온갖 생각에 밤을 지새우고는 한다.

정월이 지나자 본격적으로 철수를 위한 준비가 시작되었는데 이를 위해서는 반드시 철수하는 군의 집결지이자 항구가 있는 베트남 남부 도시인 꿔년(Quý Nhơn)에 있는 비행장의 안전을 확보하여야만 했다. 따라서 용희의 부대가 베트콩이 장악하고 있는 비행장 인근의 고지를 장악하고 경계를 해야 하는 임무를 부여받았다.

전투는 한국군이 고지로 진격하고 남베트남군은 후퇴하는 베트콩을 제압하는 작전으로 미군의 공중 지원과 함께하는 합동 작전으로 실시되었다.

고지로의 진격이 실시되고 옆의 전우가 총에 맞아 고꾸라질 때 용희는 순간 원선을 생각했다. 왜 그랬는지 모르겠지만 피를 흘리며 고통스러워하는 전우의 얼굴에서 원선을 본 것이다.

여기저기서 쓰러지고 비명 소리가 높아도 용희는 앞으로 나아가야만 했고 결국에는 고지를 점령했지만, 종종 그랬듯이 이번 작전에서도 남베트남군은 베트콩도 같은 동족이라는 생각들을 강하게 가지고 있어서 진압에 적극적이지 않아 한국군의 피해가 심하게 발생하였다.

서로의 사상과 이념이 다르다 하여 죽고 죽이는 전쟁을 하면서도 남베트남군은 베트콩과 북베트남이 하나의 동족이라는 인식으로 소극적으로 행동하는 것에 화가 나지만 자유를 수호하여야 한다는 목적으로 참전한 전쟁이니 이겨야만 하는 것이고 또 그래야만 살 수 있는 것이다.

얼마 지나지 않아 모든 군대의 철수 명령에 따라 안년(An Nhơn) 지역에 주둔하고 있던 용희의 부대도 철수부대들의 집결지인 뀌년으로 향하기 시작했다.

한국 군대의 철수 소식이 알려지자 이미 안년 지역에 베트콩들이 시가지를 점령하기 시작했고 미군과 한국군의 철수와 함께 곧이어 미군의 공중폭격이 있을 것이라는 소문이 돌자 안년 주민 일부는 철수부대를 뒤따르기도 했다.

부대가 뀌년으로 가는 길에 있는 콘강(Sông Côn)을 건너려는데 전쟁이 막바지로 접어들고 또 미군 폭격을 피할 심산으로 피난하는 안년 일부 주민들과 철수하는 부대가 뒤섞여 그야말로 난리통이다.

이미 콘강의 다리는 끊어진 지 오래고 철수부대들의 도하가

마무리되어갈 즈음 강을 건너려던 여인이 그만 물살에 휩쓸려 떠내려가며 허우적대는 것을 본 용희는 건너던 강을 되돌아서 달려가기 시작한다.

"야! 이 병장! 어디 가나!"

소대장의 외침에도 용희는 뒤돌아보지 않고 물살을 헤쳐가 허우적대는 여인을 붙잡고는 강어귀로 올려놓는다.

"까강!"

그 순간 미군의 안년 지역에 대한 공중폭격이 시작되었고 물에 빠진 여인을 구하고 강어귀에 올라선 용희는 폭격과 함께 정신을 잃고 만다.

얼마의 시간이 지났을까, 용희가 정신을 차려보니 어느 집의 작은 방에 뉘어져 있었고 몸을 일으키려 했지만, 다리가 말을 듣지 않았다.

"여기가 어디?"

"우리 집이니 안심하세요."

용희의 곁을 지키고 있던 젊은 베트남 여인 푸엉(Phương)과 서로 말은 잘 통하지 않지만, 눈짓과 표정으로 무슨 말인지 대략 알 수 있었다.

"내가 왜?"

"당신이 강에 빠진 우리 어머니 구해주고 나서 미군 비행기 폭격 때문에 쓰러졌었어요."

"나는 우리 부대로 가야 합니다."

"당신 다리도 다쳤고, 또 시내가 모두 베트콩들이 주둔하고 있어서 밖에 나갈 수가 없어요."

"그래도 가야 합니다. 지금 못 가면 나 한국으로 갈 수가 없습니다."

"우선 몸이 낫고 움직여야 해요, 지금은 안 돼요."

용희가 안년 지역에 낙오되어 있었지만, 한국의 파견 부대는 모두 베트남에서 철수를 끝냈고, 용희는 결국 전사자로 인정되어 하동에 있는 부모님에게 전사 소식이 전달됐다.

한국군의 철수가 완료되어 한국으로 돌아가지 못한 용희는 부상한 몸도 몸이려니와 베트콩들이 안년 지역을 점령하고 있어서 밖으로 나다닐 수가 없는 상태였다.

집에서만 몸을 숨긴 채 긴 시간이 흐르자 이번에는 남베트남과 북베트남 간의 본격적인 전쟁이 발발하였고 결국 남베트남이 패망하고 북베트남으로의 통일 정부가 들어서며 정국이 어느 정도 안정되면서 안년 지역의 시가지도 비교적 자유롭게 다닐 수 있게 되고 용희도 몸을 좀 움직일 수 있게 되어 한국군 철수 집결지였던 뀌년항에 가보았으나 이미 모든 군대가 오래전에 철수를 마친 상태였기에 어디에서도 한국군과 관련한 소식을 들을 수 없었다.

"한국군 소식은 들으셨어요?"

"아니요, 이미 오래전에 모두 철수해서 아무 소식도 못 들었습니다."

혹시나 어떤 정보라도 알 수 있을까 하고 뀌년에 다녀온 용희를 보고는 푸엉이 궁금해하며 묻자 시무룩하게 대답하고는 방으로 들어간다.

전쟁 이후 북베트남으로의 통일정부가 수립되어 한국과의 외교 관계가 없어지는 바람에 용희가 한국으로 돌아갈 방법이 요원하게 되어가고 있었다.

한편 용희가 월남으로 떠나고 얼마 지나지 않아 원선은 협동조합장 아들과 혼례를 치르게 되었다.

원선은 혼례 전날 용희와 오랫동안 함께했던 섬진강 변을 걸으며 이제는 이루어질 수 없는 현실이 된 그와의 인연을 모두 흐르는 강물에 흘려 버리며 쓰라린 가슴을 달래는데 용희와의 약속을 지키지 못한 미안함과 또 그로 인해 멀리 전쟁터에 가 생사의 기로에 있는 용희의 걱정에 주체할 수 없는 눈물이 흘러 내린다.

저녁해가 지고 어둑해서야 집에 돌아오니 내내 걱정스럽게 딸을 기다리던 어머니가 원선의 방으로 따라 들어와서는 아무 말 하지 않고 원선을 가만히 안아주니, 원선도 애써 참았던 눈물이 또다시 흘러 어머니의 어깨를 적신다.

다음날이 되자 시댁에서 보낸 오색 꽃가마가 원선의 집 마당에 다소곳하게 자리 잡고 있었고, 원선은 혼례복을 곱게 차려입고 부모님께 마지막 인사를 하는데 마음에 없는 혼례를 치르는 딸에 미안하고 안타까워 아버지는 내내 고개를 들지 못하고 그저 방바닥만 쳐다보고 어머니도 연신 치맛단에 눈물을 훔치기에 원선이 다소곳하니 절을 마치고 다가가 살포시 안아드리고는 꽃가마에 오른다.

하동 읍내에 있는 원선의 시댁에서는 오랫동안 혼례를 치르지 못한 아들이 장가간다 해서 큰 마을 잔치가 벌어졌다.

원선이 타고 온 꽃가마가 시댁 마당에 당도하자 여기저기서 몰려든 마을 사람들이 꽤나 큰 관심을 가지는데, 원선이 꽃가마에서 살포시 나오자 모두 벌린 입을 다물지를 못한다.

"워따, 하늘에서 내려온 선녀가 따로 없네."

"어데, 선녀에 비할까? 내는 살다 살다 저리 고운 색시는 첨 본다 아이가."

"쯔쯔 아깝고 아깝데이."

"말 조심하그라, 누가 듣겠다."

"들으면 뭐 어떻노? 사실 저리 고운 색시가 결국 돈에 팔려 온 거 다들 아는데."

"그래도 색싯집도 잘 살았다 안 하나?"

원선의 화사함에 그만 몰려든 동네 여인네들이 저마다 한 마디씩 주고받는데 원선 집이 어려워져 시댁의 도움을 받고자 마음에도 없는 혼례를 치르게 됐다는 걸 다들 아는 눈치다.

혼례식을 마치고 안채 건너편 작은방에 원선이 활옷을 입은 채 다소곳하게 앉아있으니 빠꼼히 열린 문 사이로 보이는 색시를 보려고 동네 아낙들과 대여섯의 꼬마들이 몰려있고, 그 사이를 원선의 신랑이 가로지르더니 이내 허리를 굽혀 문지방을 넘으며 방으로 들어선다.

원선이 움칫 몸을 일으키며 일어서려 하니 두 손을 벌리며 만류한다.

"아니 일나지 마시오. 먼 길 오고 또 식까지 치르느라 고단하실 텐데 편히 쉬이소."

혼례식을 치르며 잠깐잠깐 얼룩을 보았지만 가까이에서 마주하기는 처음이라 천천히 살펴보니 적연히 부잣집 도련님같이 뽀얗고 곱상한데 누가 보아도 병색이 완연한 얼굴이었다.

"그래도…, 서방님이 이리로 오시지요."

원선이 부득불 일어나서 자리를 내어주고는 두어 뼘 떨어진 채 옷매무새를 고쳐 앉는다.

"세간에 말들이 많이 있을게요. 하지만 살다 보면 다 사그라질 테니 너무 상심하지 않았으면 하오."

"네, 서방님."

"그리고 익히 아시다시피 내 오랜 지병으로 밖에 나다니는 게 쉽지 않아 집안 대소사를 챙기는 게 어려우니 이해 바라오."

원선의 신랑은 하는 말투며 인상으로 보아 심성이 나쁜 사람으로 보이지는 않았다.

용희가 파병부대에서 떨어진 이후 북베트남 정부하에서 한국으로 돌아갈 방법이 아예 없어졌고, 또 참전 한국 군인으로서 얼마 전까지 총부리를 겨누고 서로 싸워야 했던 현지에서 살아가야 한다는 게 쉽지 않은 일이어서 밖으로의 활동에도 많은 제약이 따랐다.

고향으로 돌아갈 기약 없는 삶을 살아야 했기에 최대한 현지인처럼 이름도 이용희 대신 베트남 이름인 니 반 롱(Lý Văn Long)으로 불리도록 하였고, 자신을 구해주고 간호해 준 베트남 젊은 여인 푸엉과 마음이 맞아 같이 살게도 되었다.

논농사와 밭농사를 지으며 예쁜 딸 니에우(Liễu)도 낳았고 언제가 될지는 모르지만, 고향으로 돌아갈 날을 기다리며 살았지만, 어느 해 지역에 전염병이 돌아 그만 아내 푸엉이 세상을 뜨자 용희는 더 이상 베트남에 머무를 이유도 없어져 하루속히 고향으로 돌아가기를 바라지만 현실은 가능한 일이 아니었다.

전쟁이 끝나고도 베트남에 머물 이유도 없는 기나긴 20여 년의 시간이 흐르자 비로소 세계 정세가 급격하게 변하면서 그리도 고대하던 한국과 베트남과의 외교가 복원되어 용희가 드디어 고향으로 돌아갈 수 있는 길이 열리게 되었다.

정식 외교 관계가 수립되자 용희는 전쟁 전사자로 된 자신이 베트남에 실종 상태로 있었음을 인정받아 수교 이듬해 봄에 딸 니에우와 함께 드디어 꿈에 그리던 고향으로 향하게 되었다.

전사한 줄로만 알고 있던 용희가 20여 년 만에 고향으로 돌아오니 그동안 아버지는 세상을 뜨셨고 어머니 홀로 살고 있었다. 막상 고향에 돌아오니 그동안 잊었다고 생각했던 원선의 생각이 가슴에 물밀듯 몰려온다.

죽은 용희가 살아왔다고 집에서는 시끌벅적하니 마을 잔치가 열렸고, 그 자리에 용희의 친구들 몇 명과 함께 지호가 찾아와 생환의 반가움을 나누는데 지호는 용희를 조용히 집 뒷켠으로 데리고 나온다.

"와? 뭔 일 있는가?"

"니 아직도 원선이 마음에 두고 있나?"

"말해 뭐하겠나? 소식은 알고 있나? 그래 우째 혼인하고는 잘
살고 있더냐?"

"천천히 말하그라, 원선이는 그럭저럭 잘살고 있다."

"그럭저럭이라니? 어찌 사는데? 어서 속 시원하게 말해 보그
라."

원선이 얘기가 나오자 용희는 목마른 사람 우물 찾듯이 숨넘
어가게 여러 말을 쏟아 낸다.

지호의 얘기를 들어보니 원선이 협동조합장 아들과 혼인하고
아버지 회사의 채무 상환을 유예받기는 했지만 결국은 일 년 후
에 부도가 났고 그 충격으로 원선의 아버지는 세상을 떴다고 한
다. 또한, 원체 병약했던 원선의 남편도 채 이 년을 못 살고 죽었
으며, 그리하여 원선은 홀로 시댁에서 나와 진교에서 장애어린
이들을 돌보며 살고 있다고 한다.

지호가 전하는 말을 듣고 나니 용희는 당장이라도 찾아가고
싶은 마음이지만 어머니가 원선네에 가지고 계셨던 감정이 있
기에 섣부르게 행동할 수는 없었다.

진교에 살고 있는 원선이 역시도 용희가 살아 돌아왔다는 소

식을 들었으나 용희와의 믿음을 저버리고 혼인을 한 터라 쉽게 다가설 수는 없지만 살아 돌아왔다는 안도에 더해 만나 보고 싶은 마음에 애가 끓는다.

이번에도 둘의 사이에 지호가 나섰다. 그리하여 예전에 거닐었던 섬진강 백사장에서 만남이 이루어졌으나 서로 떨어져 살아온 오랜 세월에서 오는 서먹함이랄까 아니면 미안함에서일까 막상 둘이 마주하자 원선이 선뜻 다가서지 못하고 베어진 나무 그루터기 마냥 땅에 박힌 듯 서 있으니 용희가 성큼 다가가 와락 안는다.

순간 원선이 참았던 눈물이 터지고 이내 두 어깨가 들썩이며 우는데 진정이 될 기미가 보이지 않자 용희는 어찌할 바를 몰라 한다.

"그래 우째 잘 살지 않고?"

"당신 전쟁터 가게 해놓고 어찌 내가 잘살 수 있었겠어."

"우야든 시집갔으면 잘 살았어야지."

"더구나 전사했다는 소식 들었을 때, 그때부터는 나도 살아도 산 게 아니었지, 어쨌든 살아 와줘서 너무너무 고마워."

"지호 말이 아버지도 돌아가시고 너도 혼자됐다던데, 왜 여태 혼자 살고 있노?"

용희의 말에 어지간히 진정되어가던 원선이 용회 얼굴을 빤히 쳐다보더니 와락 껴안고는 또다시 울음을 터뜨린다.

   "울지마라, 내 죽지 않고 이리 살아왔으니 그럼 된 거 아이가?"

   "당신 전쟁터로 가게 해서⋯⋯, 내 얼마나 마음 아프게 살았는데."

   "내 다 안다. 우리 전생에서는 이루어지지 못한 인연이었는지 모르지만, 이생에서는 이제 무슨 일이 있어도 헤어지지 말자."

   용희와 원선이 손을 꼭 잡고 금빛 모래밭을 걸으니 어느새 섬진강에 어둠이 어스무레 내려앉았고 노량포구 노을이 빨갛게 물들어 있다.

황혼黃昏

추석 명절을 맞아 늘 고요하기만 했던 산속 요양원이 모처럼 떠들썩하다. 앞마당 잔디밭에는 면회를 온 가족들이 돗자리를 펴고는 준비해 온 음식들을 펼쳐 놓고는 이야기꽃을 피우고 아이들은 고운 한복을 차려입은 채 여기저기서 뛰어노는 것이 화창한 날씨만큼이나 상큼하다.

"누가 오기로 한 겨? 뭘 그리 목을 빼고 아까부터 밖을 내다봐?" 한참 전부터 창문틀에 턱을 괴고는 밖을 물끄러미 내다보고 있는 박 노인에게 김 노인도 짐짓 다 알면서 말을 건넨다.

"오긴, 그냥 보는거지 뭐, 그나저나 자네 역시 이번에도 아무도 안 찾는가 보이" 괴고 있던 팔을 풀고는 침대로 돌아누우면서 슬쩍 말을 흐린다.

김 노인과 박 노인 그리고 공 노인은 시골 산속에 있는 요양원의 한 방에서 생활하는 생활공동체이자 친구들이다. 살아온 환경은 제각기 다르지만, 나이도 서로 엇비슷하고 마음도 잘 맞아서 늘 서로 간에 마음을 주고받으며 생활한다.

마침 공 노인은 자식들이 찾아와서는 밖으로 나가 있지만, 김 노인과 박 노인은 이번 명절에도 아무도 찾는 이가 없다.

"청천 장이나 다녀올까?"

"장에는 무에?"

"오늘 같은 날 이리 박혀있으면 답답하잖나. 다녀오세."

"원장선생이 나갔다 오라 할까?"

"오늘 같은 날 뭐 안된다고 할까. 내 가서 말해 보겠네."

김 노인이 입원복을 단정히 고쳐 입고는 1층 원장실로 가서 외출 승낙을 받으러 간 사이 박 노인은 마치 승낙이 떨어진 것처럼 외출복으로 갈아입는데 왠지 좀 전보다는 기분이 들떠 보인다.

십여 분이 지나자 밝은 얼굴을 한 김 노인이 됐다는 눈신호를 보낸다. 김 노인과 박 노인이 옷을 외출복으로 갈아입고 요양원 현관에 내려오니 승합차 한 대가 두 노인을 기다리고 있다.

"이 선생, 명절날 우리 땜시 미안허이."

"괜찮아요, 저야 어짜피 오늘이 당직 근무인데요. 뭘, 그나저나 청천에 다녀오신다고 들었는데 뭔 볼일 있으서요?"

"우리가 볼일이 뭐 있겠어, 이런 날 방 안에 있는 게 맘이 영 그래서 바람이나 쐬고 오려고 그러지."

"네~, 잘하셨어요. 청천 어디로 모실까요?"

"우선 장 끝에 있는 수타 짜장집으로 가세, 간만에 탕수육에 짜장 한 그릇씩 하고 오세."

"어? 어르신도 그 짜장집을 아셔요?"

"알다마다, 예전부터 찾아다녔는걸."

"그런 거 보면 어르신은 은근 미식가시어요."

"예끼, 겨우 짜장 한 그릇에?"

"자네도 가 보았는가?" 김 노인이 차장 밖을 내내 응시하고 있는 박 노인에게 물으니 도리질을 친다.

"왜? 자식들 생각나서 그러나?"

요양원을 나설 때와는 다르게 박 노인이 힘이 없어 보이는 게 마음 쓰였던 김 노인이 말을 건네자 아무 대꾸를 하지 않지만, 눈가에는 옅은 이슬이 맺혀있다.

"생각하지 말게, 그런다고 오지 않는 놈들이 오겠는가?"

낭성을 벗어나 청천으로 가는 내내 차창 밖으로 산소에서 성

묘하는 사람들의 모습이 계속해서 눈에 띄자 박 노인이 옛 생각
에 울적해진 듯하다.

"오늘따라 공 노인이 부럽다는 생각이네." 줄곧 차창 밖만 내
다보던 박 노인이 조금은 가벼워진 얼굴로 혼자 말처럼 한마디
하니, 김 노인과 운전하는 요양보호사 이 선생이 시선을 한곳으
로 모은다.

"나도 자네와 같은 생각이라네." 김 노인 역시도 무심한 듯 대
꾸를 해주는 사이 두 노인을 태운 자동차는 금세 청천 장을 지
나는데 명절 당일이라서인지 시장통 거리가 휑하다.

짜장집은 요즘 보기 드물게 수타로 면을 뽑는 집이다. 작은
홀에 식탁, 네 개와 작은 방 하나를 갖추고 있고, 손님이 바로 앞
에서 볼 수 있는 열려있는 주방에서 탕탕 소리를 내며 면 치는
모습을 보는 것만으로도 옛 향수를 느끼기에 부족함이 없다. 들
어서자마자 김 노인이 탕수육 하나와 짜장면 세 그릇을 주문하
자 주문받던 안주인이 술은 뭘로 할꺼냐는 표정을 짓는다.

"아, 술은 못하셔요." 요양보호사 이 선생이 안주인에게 말을
하자 두 노인이 입맛을 다시지만, 요양원 규정상으로도 안 되지
만 이미 두 노인은 술을 마시지 못하게 된 지 오래다.

"어르신들은 술 생각 안 드세요?" 이 선생이 슬쩍 두 노인의

표정을 살핀다.

"왜 안 나겠나. 하지만 이젠 몸이 이기지를 못해. 젊어서는 참 좋아했지." 김 노인이 예전 생각을 하며 엄한 물컵만 들었다 놓았다를 한다.

"나는 밥보다 술을 더 마셨을 거야. 막일하는 사람들이야 술이 밥이었지. 현장에 가면 인부들 달래야지, 또 발주처 접대해야지, 뭐 맨날 술로 살았지." 박 노인 역시도 젊었을 시절을 생각하며 아쉬움이 가득한 표정이다.

짜장면집을 나와 청천에서 가까운 공림사에 들르기로 하고는 방향을 잡는다. 이십여 분 달리니 이내 좁은 마을 길이 나오고 산길로 접어드니 설핏 색이 바랜 나뭇잎들이 계절이 가을에 들어섰음을 알려주는 듯싶다. 절은 낙영산 자락 햇볕 잘 드는 위치에 자리하고 있어 한낮의 볕이 따갑게 느껴지는지 두 노인은 연신 손바닥으로 해를 가리기 바쁘다.

경내 너른마당에 다다르자 박 노인은 불편한 다리 때문인지 더 걸을 생각을 안 하고는 마당 앞에 조성된 연못가 돌무더기에 주저앉으며 김 노인을 향해 둘러보고 오라는 손짓을 하니 김 노인도 더 청하지 않고 혼자서 법당 앞 계단을 올라가는 언덕길에 서 있는 웅장한 느티나무를 감싸 안고는 한참을 그리 서 있는다. 나무는 천년이 넘는 세월 동안 수없이 많은 모진 풍상을 견디며 살아왔는지 몸 전체가 심하게 뒤틀리었고, 심지어 겉으로 드러난 뿌리로는 작은 바윗덩어리를 한 몸 인양 감싸 안고는 그리 서 있는 모습이 흡사 김 노인의 한평생을 그림으로 보여주는 듯싶다. 전각을 둘러보고 연못에 내려오니 박 노인이 햇볕 좋은 자리에 앉아있다.

"절이 꽤 크네. 전각들도 많고, 저어기 서 있는 느티나무 있잖나, 천년을 넘겨 살고 있다 하네. 인생 백 년도 못 살면서 뭐 그리 아등바등 사는지……." 김 노인이 자리를 잡고 앉으며 둘러본 소감을 말하자 박 노인이 빤히 쳐다본다.

"이 사람, 절 한 바퀴 돌아보더니 금세 도를 깨쳤나 보이." 실없다는 듯 가볍게 받아넘긴다.

"그나저나 자네 자식들은 오늘 같은 날에도 왜 아무도 안 찾아오는 겨? 나야 첫째는 외국 나가 살고 있으니 그렇고, 둘째는 명절 때만 되면 워낙 바쁜 직업을 가져서 그렇다 친다만." 김 노인의 물음에 박 노인은 한참을 생각하더니 입을 뗀다.

"자네는 어떤지 모르지만 나는 여기 들어올 때 사실 오기 싫었다네, 그저 작은 시골집 하나 구해서 맘 편히 살았으면 했는데, 여기저기 자꾸 아프고 하니까 누가 매번 병원에 데리고 갈 수도 없고, 그러니 오게 된 건데 뭐 지금이라고 찾아오겠나. 아마도 첫째는 가족 모두 외국에 여행 갔을 거네. 예전에도 매번 명절 때마다 그리했으니, 그리고 둘째는 전부터도 찾아오거나 하지 않았다네." 박 노인이 말을 하고는 속이 답답해지는지 굽혔던 허리를 한 번 피고는 자세를 고쳐 앉는다.

"내 자네 속 사정이야 자세히 알 수 없지만, 너나 나나 할 것 없이 다들 비슷한 사정이지 않을까 싶네. 오늘 공 노인을 보면서 그런 생각이 들었다네. 애지중지 공들여 자식 키워봐야 다 제가 잘나 큰 줄 알지 어디 부모 은공 생각하겠나. 남 말해서 뭐하겠어, 당장 나만 보더라도 나도 젊어서 부모한테 그리하지 않고 살았는데, 이제 내가 늙어 그걸 바라고 산다는 게 염치없는 일 아니겠나."

"맞네, 나도 내 부모한테 하지 않은 걸 바라면 안 되지, 그래도 서운하긴 하다네."

두 노인이 서로 이야기를 나누는 사이 이 선생이 돌아가야 할 시간이 되었다 하며 차 있는 곳으로 오라 한다.

요양원에 돌아오니 방문 왔던 가족들이 모두 돌아간 듯 원내가 고요한데, 방에 들어서니 공 노인이 테이블에 갖가지 음식 꾸러미를 놓고는 두 노인을 기다리고 있다.

"어데들 다녀오는겨? 한참을 기다렸구만."

"방 안에 있기 뭐해서 둘이 청천에 다녀왔다네." 공 노인의 물음에 김 노인이 답을 한다.

"우리 애들이 우리 방 식구들 먹으라고 이리 준비해 줘서 같이 먹을라 했구만."

"무에 우리들까지, 자네만 챙기면 됐지. 암튼 맘 써 줘서 고맙구먼."

김 노인과 박 노인이 자리를 잡자 테이블에 올려져 있던 음식들의 포장이 벗겨지는데, 각종 떡 종류가 다양하다.

"웬 떡들이 이리 많은가?" 김 노인과 박 노인이 눈 앞에 펼쳐진 여러 종류의 떡에 입을 다물지를 못한다.

"내가 말하지 않았든가? 우리 애들 둘 다 떡집 한다고."

"그려? 어떻게 자식 둘이나 모두 떡집을 하나?" 김 노인이 묻자 공 노인이 긴 숨을 들였다 내쉬고는 긴 이야기를 풀어 놓는다.

"오래전 이야기라네. 괴산 산골에서 초등학교만 겨우 마치고는 서울로 돈 벌러 올라갔지. 헌데 배운 거 없는 어린애한테 맞는 일이 어디 있겠나. 어찌어찌해서 종로 낙원상가에 있는 떡집에서 일하게 되었지. 체구가 작아 떡 시루 하나도 제대로 들지 못한다고 구박도 무지 받았더랬지. 그렇게 일 년 일 년 일하다 보니 어느새 십 년을 하게 됐더라고. 그러다 군대 영장 나와서

190

입대했다가 제대해서는 바로 괴산으로 내려와서 작은 떡집을 시작했지. 지금이야 도시에 많은 떡집이 있고 여러 가지 행사들도 많아 떡 수요가 많지만, 예전에는 집안에 행사 날이 아니고는 떡 만들어 먹을 일이 그리 많지 않았어. 그저 근근이 버텼지. 어쩌겠어 배운 게 도둑질이라고 떡 만드는 것밖에는 할 줄 아는 게 없는데." 공 노인이 목이 타는지 가져온 식혜 한 사발을 따라 들이키고는 이야기를 계속 이어 나갔다.

"처음 몇 년은 고생 무지했지. 그러다 점점 떡 맛 좋다는 입소문이 나면서 형편이 조금씩 나아졌고, 그때 같이 일할 사람이 필요했었는데 그 사람이 지금 우리 애들 엄마지. 그 사람 평생을 배운 것 없는 나 만나서 고생만 하다 말년 복도 없이 그리 큰 병 얻어 떠났지." 말을 계속하던 공 노인의 목이 잠기자 잠시 모로 돌아 허공을 응시하고는 소매로 눈물을 훔친다.

"떡집을 하면서도 곡절이 참 많았지. 사고도 여러 번 있었고, 그래서 늘 없이 사는 바람에 애들 공부도 제대로 못 시켰고⋯, 지금 돌이켜 생각해 보면 그것도 애들한테 참 미안한 일이었어."

"지금 둘 다 떡집 한다면서?" 이야기를 가만히 듣고 있던 박 노인이 한마디 거든다.

"그렇지, 지금이야 둘 다 웬만큼 자리 잡고 사는 거 같은데, 난 그 업에 대한 속내를 다 아니 맘이 편치가 않다네."

"다들 그러고 사는 거 아니겠나. 너무 맘 쓰지 말게." 이번에는 김 노인이 거든다.

"아들, 딸 모두 공부는 제대로 못 시켰지만 내가 가진 떡 만드는 기술은 모두 전해주었다네. 결국, 그걸로 지금은 먹고살고 있지만, 남들처럼 번듯하게 직업 갖고 살기 바랐는데, 내가 배운 거 없고 또 가르칠 돈도 없으니 그저 애비 잘 못 만난 탓해야지 어쩌겠나 싶다네." 여전히 목이 잠긴 채 말하는 공 노인의 회한이 느껴지는지 김 노인과 박 노인은 고개를 끄덕이며 묵묵히 듣고 있다.

"어찌 사람이 모두 사짜 다는 직업 갖고 살겠나. 결국, 제 팔자대로 사는 게지. 뭐 부모가 넉넉하다면야 좋겠지만 그리 사는 사람이 얼마나 되겠나." 김 노인이 공 노인을 위로하는 듯한 말을 하자 옆의 박 노인도 공감한다는 듯 고개를 끄덕인다.

"그래도 아들, 딸은 누구보다도 더 좋은 심성을 가지게 키우지 않았나. 오늘도 보게 우리 자식들은 코빼기도 안 보였는데……." 박 노인이 말을 하다 목이 메이는지 물 한 컵을 들이킨다.

"나도 그리 생각한다네. 우리네 자식들 제대로 살게 되었지만 제 부모 이 산 구석에 처박아 놓고는 하다못해 명절날에도 찾아오지 안잖나. 그런 거 보면 자네는 참 복 많이 받은 듯하다네."

김 노인의 말에 공 노인의 표정이 한결 밝아져 보인다.

"열심히 살기는 했지. 남들처럼 놀 줄도 모르니 그저 일만 하고 돈 버는 재미로 살았지. 새벽부터 밤늦도록 떡집에서 고물 만지고 시루 닦으며, 애들이 어찌 크는지 신경도 못 쓰고, 그러다 보니 이리 세월이 흘러 내 몸 하나도 건사 못하게 되었지. 그래도 자네들은 모두 자식 농사는 남부럽지 않게 해놓은 거 같아 내심 그게 제일 부러웠다네." 공 노인이 진심 부러워하는 눈빛을 하자 김 노인과 박 노인이 심하게 도리질을 친다.

"그나저나 자네들은 자식들이 그리 잘돼서 살고 있다면서 왜 여기서 살고 있는 겨?" 공 노인이 심히 의아한 듯하여지자, 이내 박 노인이 말을 이어받는다.

"나도 소싯적에는 자네처럼은 아니지만, 힘 많이 들었지. 겨우 전문대 나와서 그 당시 한창 중동 바람이 불었을 당시 사우디에 가서 3년 동안 모래바람 맞으며 돈 모아 들어와서는 작은 건설회사 차렸지. 나라고 처음부터 잘 되었겠나. 우여곡절이 참 많기도 했지. 부도도 여러 번 맞았드랬고. 그래도 어떻게든 살아야 했으니 이 악물고 버텼지. 뭐 맨날 나쁘지만은 않았고 때로는 좋은 때도 있었고. 그런데 자식들 돌보는 일에는 많이 소홀했지. 그래서인지 두 애들 모두 남들이 가지고 싶어 하는 직업은 가지지 못하게 되었지. 결국, 첫째는 작은 회사 여럿을 다니다 내가 하는 회사를 받은 것이고, 둘째는 그래도 제가 좋아하는 커피집 하겠다해서 작은 카페 하나 차려줬지. 내가 회사 챙기느라 돌보지 못했던 거 그리 갚았다. 생각하고 산다네." 박 노인의 말에 공 노인과 김 노인이 고개를 끄덕이며 서로 바라본다.

"근데 지금 내 꼴을 보게, 자식놈들 그래도 그리 해 줬는데도 처음 한두 번 찾아오더니 이제는 아예 오지를 안잖나. 손주들 커가는 거 보고 싶은데⋯⋯." 박 노인이 말을 잇지를 못하더니 긴 숨을 한번 내쉬고는 다시 이어간다.

"나는 그래도 부모님 덕에 전문대라도 다녔으니 그 당시 남들 생각하면 복 받고 살았든 게지, 해서 평생 부모님께는 감사하게 생각하고 산다네. 작은 사업하면서 앞이 안 보일 때마다 그만 살아야겠다는 생각 참 여러 번 했다네. 그런데 그때마다 어린 자식들 눈에 밟혀서 그럴 수도 없었고. 모진 고생하며 겨우 회사 꼴 나게 만들어 주었는데, 사업을 어찌하는지 맨 날 돈 없다는 소리만 하는데, 근데 며느리하고 손주들하고 다니는 것 보면 돈 없다는 말도 당최 이해가 안 된다네. 어찌 되었든 자식들한테 작은 회사라도 물려주고 또 카페 차려주었더니, 이제는 내가 늙고 몸 건사 안 된다고 여기에 처박아 놓아버린 거지, 뭐 건사할 마음이 애초부터 없는 거였겠지만⋯⋯." 말을 하는 박 노인이 짐짓 화가 난 표정이다.

"뭐 우리가 자식 덕 보려고 키웠는가, 자식들 어려서는 재롱보고 또 커가는 거 보면 대견하고 그랬지. 어찌 생각하면 우리는 그때 이미 자식들 덕 다 본거지 뭐." 김 노인의 말에 공 노인과 박 노인도 공감하는 표정이다.

"그렇기는 하다만 자네는 자식들 모두 잘 됐다면서 왜 이리로 온 겨?" 공 노인이 박 노인의 말이 끝나자 의아한 표정으로 김 노인을 바라보며 물으니, 김 노인 역시 긴 숨을 내쉰 다음 자신의 이야기를 펼쳐 놓는다.

"나라고 자네들과 뭐 특별히 다르겠는가. 우리들 소싯적 살아온 게 다 엇비슷하지. 나도 잘살던 집안이 기울면서 고등학교도 겨우겨우 마쳤다네. 학교 마치고 작은 회사 들어가서 거의 평생을 한 회사에 다녔지. 적은 월급이지만 그래도 꼬박꼬박 나오는 회사여서 굶어 죽지는 않았지만 그렇다고 뭐 여유 있게 살아본 적은 한 번도 없었다네. 그래도 그 회사 덕분에 두 자식 키웠지. 어찌 생각하면 참 고마운 게지. 헌데 직장을 다니다 보니 고등학교까지밖에 못 다닌 게 늘 마음에 걸리더라구. 그래서 야간대학에 다녔는데 그 때문에 없는 돈 들어가고 해서 사는 게 참 어려웠지……." 잠시 말을 끊은 김 노인이 이야기에 열중하는 두 사람을 보더니 다시 이야기를 이어간다.

"덕분에 가진 거 없는 나 만나서 살아준 마누라한테 늘 미안했지, 평생을 돈 걱정하면서 살게 해서." 이야기를 듣던 공 노인과 박 노인이 공감한다는 듯 고개를 끄덕이고는 "그래도 자식들은 잘되었다 하지 않았나?" 공 노인이 부럽다는 듯한 표정으로 김 노인을 바라본다.

"그래도 자식 둘은 큰 걱정 시키지 않고 잘 커 줬지. 첫째는 제가 알아서 공부하고 또 직업 갖고, 둘째도 내심 걱정은 했지만 나름 제 하고 싶은 일 하고 살고, 근데 자식들이 성인이 되고부터는 당연하겠지만 본인들 생활에만 열심이라는 생각이 들어 가끔은 서운할 때가 많았었다네." 김 노인의 말에 두 사람이 공감한다는 듯한 표정을 짓더니 공 노인이 의아한 듯 묻는다. "큰 문제 없는데, 왜 이리로 와 있는겨?"

"나도 여기로 오고 싶었겠나? 남들하고 똑같은 마음이지. 작년에 첫째가 외국 주재원 근무로 나가면서 제 어미만 데리고 같다네. 뭐 지들은 할 일 많으니 손주 챙겨달라는 뜻인게지, 그래서 나는 이리로 오게 된 거고."

"둘째도 있다면서?" 이번에는 박 노인이 묻는다.

"있기는 하지. 근데 둘째는 참 많이 생각이 달라서 우리가 어찌 잘 이해가 안 될 때가 많다네."

"왜? 뭐가 어찌 다른데?" 이번에도 박 노인의 관심이 더 커진 듯싶다.

"글쎄, 딱히 뭐라 한마디로 말하기는 어렵지만, 어려서부터 무엇인가 우리가 일반적으로 생각하는 사고방식과는 달랐던 거 같다네. 그게 나에 대한 반감의 시작이었을 수도 있고, 또 누구는 세대 차이라고도 하는데, 나는 그것만으로는 설명이 잘 안 된다네. 첫째하고도 많이 달랐던 거 같아. 지금은 결혼해서 잘 살고 있지만, 우리네가 가지고 있던 전통적인 유교적 관습이나 문화가 달리 이해되는 듯한 생각이 든다네. 그래서인지 본인들의 생활이 늘 우선순위에 있다는 생각이 든다네. 물론 그것이 틀렸다고는 할 수 없는데, 우리같이 구시대를 살아온 사람들에게는 선뜻 이해되지 않는 부분이 많이 있다고 생각된다네. 뭐 각자의 독립된 가정이니 어찌 생각하면 당연할 수는 있는데, 왠지 모르게 서운한 게 있다네. 뭐 내가 나이가 들어서 그런 게 아닐까 싶기도 하고……."

셋이서 두런두런 이야기를 나누는데 어느덧 취침 시간이 되었는지 당직 간호사가 올라와서 그만 자라고 한다.

설핏 잠이 든 듯싶은데 옆 침대에서 힘겨워하는 소리에 김 노인이 잠을 깨어보니 공 노인이 가슴을 부여잡고는 어찌할 바를

모르고 있다. 깜짝 놀란 김 노인이 급히 몸을 일으켜 공 노인을
바닥에 눕히자 곧바로 눈동자가 풀리고는 이내 호흡이 불규칙
해지더니 멈춰진다.

"이보게!" 김 노인이 소리쳐도 금세 반응을 보이지 않고는 이
내 바닥에 널브러져 버리고, 박 노인도 잠에서 깨어나서는 눈앞
에서 벌어진 상황에 어찌할 줄 모르다가 이내 당직 간호사에게
달려간다. 간호사가 급히 달려와 멈춘 호흡을 되돌리려 애썼지
만, 호흡은 돌아오지 않았고, 곧바로 달려온 구급차에 실려 병
원으로 이송되었지만 결국 공 노인은 더는 일어나지 못하고 두
노인 곁을 떠나버렸다.

정말 황망한 일을 겪은 김 노인과 박 노인은 큰 충격에 빠지게
되고, 이후 한동안은 부쩍 말수도 줄어든 채 하루하루를 보내게
된다.

"참, 사람 목숨 붙어있다 해서 다 살아있는 거 아닌 듯싶네. 며
칠 전까지 멀쩡하던 사람이 그리도 황망하게 갈 줄을 누가 생각
이나 했겠나. 인생 참 허무하지 않나?" 김 노인이 아직도 진정되
지 않는 마음을 억누르고는 혼잣말처럼 중얼거린다.

"뭐 우리야 언제 가더라도 이상할 것 없는 나이 아닌가. 그래
도 그 사람은 자식, 손주 다 만나보고 가지 않았는가? 어찌 보면
복 받은 게지. 나도 보고 싶은 사람들 다 보고 그리 휑하니 갔으

면 좋겠네. 괜히 몇 날 며칠 앓아봐야 뭔 바람이 있다고……."

박 노인 역시도 아직은 충격에서 벗어나지 못한 듯싶다.

공 노인이 떠나고 유별스럽게도 매서웠던 겨울도 지나고 어느덧 요양원 주변 산에 푸르름이 번져갈 즈음 박 노인이 시름시름 앓기 시작했다. 나이 든 노인들은 환절기 넘기가 고갯마루 넘기보다 어렵다는데 결국 지병이 도지고 만 것이다. 평소 폐질환을 앓고 있어 조금만 과하게 움직이면 힘들어해서 운동도 제대로 못 하고 살았는데, 결국 병이 악화한 듯하여 정확한 치료 여부를 알기 위해 다음날 자식들이 와서 박 노인을 시내 큰 병원으로 데리고 간다고 했는데, 박 노인 자신은 무슨 예감이 드는지 김 노인과 긴 시간을 보내고 싶어 했다.

"이보게, 우리 아주 긴 시간은 아니었지만 그래도 자네하고 같이 일 년 넘게 지내면서 나는 참 의지가 많이 되었다네. 우리같이 찾아주는 가족도 없는데 자네같이 맘 맞는 친구가 없었다면 참 많이 쓸쓸했을 거네. 그동안 말은 안 했지만 고마웠네."

"이 사람이 무슨 다시 안 올 사람 같이 이야기를 하는가? 병원 가서 치료 잘 받고 언능 오기나 하게. 내 잘 기다리고 있을테니." 박 노인의 말에 버럭 화를 내며 말은 하지만 김 노인도 왠지 다시는 못 볼 것 같다는 생각에 목이 메인다.

"이보게, 사실 나는 젊어서 개차반 같이 살았다네. 그래서 마누라도 나를 떠났고. 그러니 자식들도 나를 찾지 않는 게 당연하다고 생각한다네. 우리같이 거의 막노동 비슷한 일을 하다 보면 수많은 사람과 어울려야 하고 또 그러다 보면 집사람 속 썩이는 일이 다반사 아니었겠나. 거기다 매일 같이 술 퍼먹었지. 자식들 어찌 크는지 살피지도 않았어. 나중에 겨우 나 맘 편하려고 첫째에게 회사 물려주고, 둘째에게 카페 차려 준 건지도 모르지." 박 노인이 깊은숨을 한 번 내쉬고는 생각에 잠긴다.

"너무 자책하지 말게, 누구나 다 그렇게 살지 않았겠나. 나 역시도 뭐 가족들을 위해 잘하기만 했을까. 어쩌다 보니 시대가 그리 만들었다고 생각하게. 괜히 병 고치러 가면서 맘 무겁게 가질 거 뭐 있겠나." 김 노인의 말에 갑자기 박 노인이 닭똥 같은 눈물을 뚝 떨군다.

"이리 마음 약해져서 어쩌려고. 자네가 말끔하게 돌아와야 나도 살아가야 할 희망이 조금이라도 있을 거 아닌가?" 조금은 화가 치민 듯하다가 이내 목소리를 낮춘다.

"자네도 없으면 나 혼자서 이 방에서 어찌 지내고 또 무슨 낙으로 살아가라는 말인가? 그러니 맘 굳게 먹고⋯⋯." 더 이상 말을 잇지 못하고는 돌아버리자 박 노인이 말을 이어간다.

"내가 어찌 될지 나도 다 안다네. 내일 여길 나가면 다시는 돌아오지 못할 것을. 솔직한 마음으로는 병원 치료도 필요 없고 그냥 여기서 죽는 날까지 맘 편히 살다가 갔으면 하는데, 그래도 부모라고 자식들이 거둔다고 하니 그것마저 외면하면 자식들 가슴에 또다시 대못 박는 거 같아 그래서 가는 것이지 내가 뭐 병 고치러 가겠나."

"말 안 해도 자네 심정 왜 모르겠나. 나도 그리 짐작은 하고 있었다네. 잘 생각했어. 젊어서 자식들 마음 다치게 했는데, 또 죽어서까지 다치게 하면 안 되고말고." 김 노인이 박 노인의 생각에 동조하면서도 내내 마음은 편치가 않은 듯싶다.

"그래도 기왕 간 거 열심히 치료받았으면 하네. 하루를 살아도 아프지 말고 살다 가야지. 내 자네 밤마다 뒤척일 때 말은 못하고 고통스러운 소리 내는 거 듣고도 모른 척 했으이, 자네 맘 다칠까 봐."

"고마우이. 자네는 아프지 말고 오래오래 살게." 박 노인의 말은 이제 가늘게 떨리기 시작한다.

"아무 사는 낙 없이 혼자서 오래 살면 뭐하게, 그저 어느 날 좋은 꿈 꾸며 자다가 그렇게 훨훨 날아갔으면 좋겠는데, 그리될지 모르겠네. 나 역시 죄지은 게 많은 사람이라 자네마저 떠나고 나 혼자 남으면 그 그리움을 기다림을 어찌 견디고 살 수 있겠나." 이제는 김 노인도 한 방울 한 방울 눈물을 떨군다.

다음 날이 밝자 박 노인을 데리고 가기 위해 자식이 와서는 그간 요양원에서 생활하며 가지고 있던 옷가지들과 소품들을 챙기는데 그런 모습을 김 노인은 아무 말 없이 바라보더니 심경이 착잡한지 멍하니 창밖으로 시선을 돌리고는 마는데, 창밖으로 보이는 요양원 앞마당에는 웬 요양병원 차량과 승용차 한 대가 나란히 서 있다.

대개는 요양원에서 기거하다 병이 중해지거나 상시적 치료를 받아야 하는 사람들을 전원하는 경우가 있었기에 김 노인은 또 다른 누군가가 있구나라고 생각하다가 문득 방 안에 있는 박 노인에게 시선이 옮겨진다.

'병원으로 가서 치료받을 거라 했는데 혹시? 아니겠지'라는 생각으로 도리질을 하니 그 모습을 보고 있던 박 노인이 가까이 다가오며 말을 건넨다.

"무슨 생각을 하길래 그리 도리질을 치는가?"

"어?, 아니, 아닐세." 김 노인이 엉거주춤 답을 하고는 이내 시선을 바로 잡는다.

"뭣이 아니라고, 이제 나가 봐야 할 거 같으이, 잘 지내고……." 박 노인이 목이 메이는지 더는 말을 잇지 못하고는 힘겹게 두 손을 내밀어 김 노인의 손을 잡는다.

"어디 가서든지 치료 잘 받고 건강하게 또다시 보세."

분명 박 노인 자신은 병원으로 가서 치료받는다고 생각하고
있는데, 김 노인의 인사말에 잠시 고개가 갸웃했지만 이내 밝은
모습으로 고개를 끄덕이고는 돌아서 방을 나가는데 걸음걸이가
전과는 확연히 다르게 힘이 없어 보인다.

잠시 후 박 노인과 데리러 온 자식 그리고 요양원 관계자가 앞
마당으로 나오는데 이내 박 노인을 요양병원 차량에 태우고는
횡하니 앞마당을 빠져나간다.

박 노인을 태운 차량이 요양원에서 멀어져 시야에서 사라지
자 내내 창밖을 바라보던 김 노인이 자리로 돌아와 침대 모서리
에 걸터앉으니 그야말로 텅 빈 공간에 자신 혼자만이 덩그러니
버려져 있는 듯한 느낌이 드는 듯 조용히 눈을 감는다.

별다를 것 없는 일상이 또다시 시작되고 그렇게 계절은 무진
장마를 지나고 어느새 찬 바람이 아침저녁으로 느껴지는 가을
의 초입에 다다라 있고, 박 노인이 떠난 지도 벌써 여러 달이 되
어가지만, 그동안 박 노인으로부터는 더 이상 어떠한 소식도 들
려오지 않았다.

아침에 눈 뜨면 아직 살아있다는 것이 현실이 되고, 낮의 요양
원 프로그램에도 참여하지만, 어느 것 하나 마음에 와닿는 것이
없음은 아마도 말을 주고받고 마음을 나눌 누군가가 곁에 아무

도 없다는 것이 큰 공허함으로 다가오는 듯싶다. 하루하루가 지나가면서 김 노인의 그 공허함은 더욱더 커져만 갔고, 그러면서 부쩍 기억력이 쇠퇴함을 스스로 느끼기 시작한다. 처음 요양원에 들어올 때도 파킨슨병에 의한 약간의 기억장애가 있다는 판정을 받긴 했지만, 공 노인이 그리 황망하게 떠나고 또 박 노인마저 곁을 떠나고부터는 그 정도가 심해졌음을 김 노인 자신도 느끼게 된다. 하지만 증상을 완화하거나 늦출 만한 적절한 치료나 환경이 김 노인에게는 주어지지 않았다.

요양원 주변 숲이 곱게 단풍이 지는 것이 꽤나 가을이 깊어진 듯싶다. 김 노인의 기억력은 낮에 수행했던 일들이 절반만 기억될 정도로 나빠지었고, 몸은 더욱 자신의 의지대로 움직여 주지를 않는다. 밤이 되어 텅 빈 방에 덩그러니 앉아있으면 종종 어느 병실의 철제침대에 뉘어져 있는 자신의 환영을 보고는 소스라치게 놀라 조용히 침대에 눕고는 하는데, 그때마다 지난 시간이 주마등처럼 지나간다. 그동안 공 노인과 박 노인이 함께 한 방에 기거하면서 서로 말벗이 되어 살아갈 힘이 되었건만 이제는 누구와도 함께 하지 못하고 또 누구도 찾아주지 않는 일상이 어쩌면 생의 끝자락에서 마주하는 숙명 아닐까 생각하고는 한다.

서로가 의지한 채 지내온 일 년, 공 노인도 박 노인도 떠나고 혼자만 남은 방에 이제는 정말 세상에 같이 말하고 생각을 나눌 사람이 하나도 없다는 것이, 그리고 자신이 가지고 있던 일생의 기억들마저 모두 잃어버리는 순간이 오고 있음에 두려움을 느낀다.

김 노인은 이내 이불을 접어두고 방바닥에 내려와 침대를 등받이 삼아 기대서는 먼 옛날의 고향마을을 그려본다.

이십여 초가집들이 옹기종기 모여있고 좁다란 논둑길 사이로 베적삼을 무릎 위로 걷어 올린 아버지가 괭이 한 자루 어깨에 메고는 느릿느릿 걸어가시자 길가 풀 속에 숨어있던 풀무치 무리가 푸르륵 하늘로 날아오른다.

고개를 돌려 집 마당을 보니 콩 타작을 하다 말았는지 멍석 주변으로 검정콩들이 사뭇 흩어져 있고 날개 부러진 도리깨 하나가 아무렇게나 멍석 위에 널브러져 있는데, 삐그덕 소리를 내며 대문이 열리자 하얀 무명옷을 입은 할머니가 머리에 수건을 두르고는 나오시는데 기억 속의 얼굴 그대로이시다. 반가움에 손을 흔드니 어여 오라 손짓하신다.

그 손짓에 김 노인은 조용히 일어나서는, 첫 회사에서 퇴직한 그해 가을에 매고 출근하려고 서울 시내 백화점에서 샀던 단풍색 고운 넥타이를, 생각보다 빨리 퇴직하는 바람에 지금껏 한 번도 매어보지 못했던 그 넥타이를, 이 늦은 가을에 매려 한다.

오래전 아들이 결혼할 당시 아내가 사주었던 질감 좋은 따스한 캐시미어 양복을 단정하게 차려입고는 옷장 깊숙이 감추어 두었던 그 넥타이를 꺼내서는 찬찬히 손바닥을 문지르며 바라보니 달빛에 비친 색깔이 참 곱다. 평생 못 매어볼 넥타이인 줄 알았는데 결국 이리 매는구나 하며 창문의 쇠창살에 가만히 맨다.

그리움

초판 인쇄 2024년 11월 12일
초판 발행 2024년 11월 21일

지 은 이 정상진
펴 낸 이 노용제
펴 낸 곳 정은출판
등   록 신고 제301-2011-008호(2004. 10. 27)
주   소 04558 서울시 중구 창경궁로1길 29. 3F
전   화 02)-2272-8807, 02)-2272-9280
팩   스 02)-2277-1350
홈페이지 www.je-books.com
이 메 일 rossjw@hanmail.net

ISBN 978-89-5824-511-7 (03810)

값 13,000원